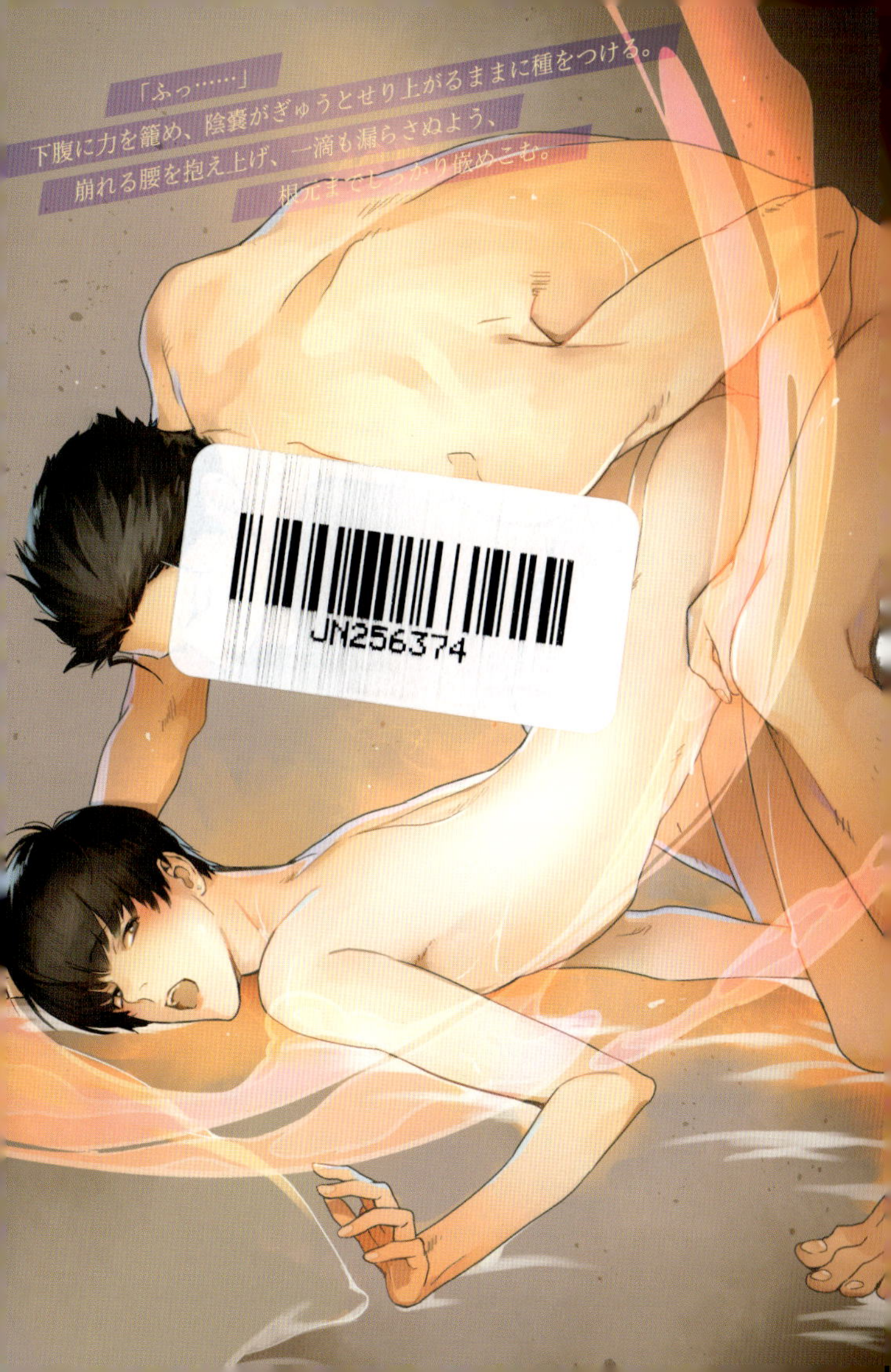
「ふっ……」
下腹に力を籠め、陰嚢がぎゅうとせり上がるままに種をつける。
崩れる腰を抱え上げ、一滴も漏らさぬよう、
根元までしっかり嵌めこむ。

ラルーナ文庫

鬼天狗の嫁奪《と》り奇譚

鳥舟あや

三交社

CONTENTS

Illustration

兼守美行

鬼天狗の嫁奪《と》り奇譚

本作品はフィクションです。
実際の人物・団体・事件などにはいっさい関係ありません。

【1】

海風が、割れた窓からぴゅうと吹きこんでぬるい。

トヨアキは、それで目を醒《さ》ました。

「……っ……ふ、ぅ、うー……!!」

誘拐されたと気づいたのは、目を醒ましてものの数分も経たぬうちだ。

目隠しをされ、手足に縄をかけられ、口には猿轡《さるぐつわ》を嚙《か》まされている。だが、どの拘束もそんなにきつくない。身動《みじろ》ぐと、後ろ手に括《くく》られた縄もゆるみ始め、破けた座面からは綿ぼそが零《こぼ》れ出る。その皮革の裂け目に目隠しが引っかかって、鼻の下までずり下がった。

芋虫のようにもだもだすると、ぎ、ぎ、とバス全体が軋《きし》んで、埃《ほこり》が舞い上がる。

何度か瞬《まばた》きをして、ここが、古い路線バスの車内だと分かった。陽に焼けて色褪《いろあ》せた薄黄緑色の車内は、月明かりに照らされ仄暗《ほのぐら》い。トヨアキは、埃と黴《かび》の臭《にお》いが充満する後部座席に転がされていた。視線の先には細い通路があって、左右に座席。風が吹くたびにボロボロのつり革が揺れて、錆《さ》びたステンレスポールに月明かりがちらちらと照り返る。

「にぃひゃん、に、ぃ……ゃ……っ、ぅえ……にぃちゃんっ！」

手拭《てぬぐ》いの猿轡を舌で押し出し、兄を呼ぶ。

兄の頭が、ふたつほど前の座席に見えた。通路側に頭があって、肘《ひじ》置きに凭《もた》れかかるようにした肩が、トヨアキの呼ぶ声に反応してひくりと動く。

「にぃ、ちゃんっ……！　ぶ、ぅえっ！」

芋虫のまま、もぞもぞ蠢《うごめ》いて座席から転がり落ちる。その拍子に手足の縄が解けた。

自由になった両手で体を起こし、痺《しび》れて動きの悪い足で兄の座席まで這《は》い寄る。

「にぃちゃん、大丈夫っ⁉　にいちゃん……！」

「……ん」

「に、っ……にいちゃん、寝てないで！　起きて‼　にぃちゃん‼」

なんでこんな状況で呑気《のんき》に寝てられんの。

「あれ、トヨアキ……お前もう目が醒めたの？　早起きだなぁ」

「違うって、朝じゃないって……寝惚《ねぼ》けてないで！」

逃げなきゃやばいよ、おかしいよ。俺ら夜釣りに来てただけなのに、目が醒めたらこんなとこにいるの絶対におかしいって。途中から記憶が抜けてるのもこわいし、こんな全然知らないところに放置されてるのもこわいよ。

「ふぁあ……トヨ、落ち着いて……」

「にぃちゃん、欠伸《あくび》してないで逃げないと！」

　大きな伸びをする兄の手を引っ張って、立たせる。寝惚けた兄の背を押して、バスから飛び出ると、後ろを振り返らず、前へ前へ進む。背後で海風が吹きつけるたびに、バスの車体と共振して、びぃぃい、ひぃぃいと共鳴し、女の悲鳴に似た音が聞こえた。

　バスに見張りが誰《だれ》もいないとか、鍵《かぎ》も鎖もかけられていないとか、そういうことに気づく余裕もなくて、砂利と岩場の海沿いを駆けた。

　遙《はる》か彼方の対岸に、本土の街灯《あか》りがちらちら光る。トヨアキの後方には高台があって、灯台からの光が夜の海を照らし、ぐるりと一周する。正面には海、背後は灯台のある山。絶海の孤島というわけではないが、泳いで本土へ渡れるほどの距離でもない。

　ここは、島だ。磯と潮の匂《にお》いが濃い。ひと気はなく、鬱蒼《うっそう》と生い茂る原生林が道なき道を取り囲む。遠くで、断崖《だんがい》に打ちつけられた波が砕け、それがまた恐怖を煽《あお》り立てた。

　明るいほうへ、明るいほうへ……考えなしに走って、雑木林を抜け、浜辺に出た。

「……人？　にぃちゃん、人がいる！」

　トヨアキは、懐中電灯や携帯電話の灯りを見つけて、「すみません！」と声をかけ、駆け寄ろうとした瞬間、立ち止まった。

「見つけたぞ！」

　懐中電灯の灯りを向けた男が、そう叫んだから。

「にいちゃん！　どっち⁉」

「あっち」

兄の指差す先に、海にぽつんと浮かんだ離れ小島があった。

この浜辺から繋《つな》がっているようで、闇夜《やみよ》にも遠浅なのが分かる。泳いで行ける範囲だし、暗がりにあって隠れるにはちょうどだ。トヨアキは兄に手を引かれて海へ入り、ざぶざぶと波間を掻《か》き分け、胸のあたりまで浸《つ》かると、そこからは一目散に泳いだ。

じゃぱん、ざぷん。自分の泳ぐ音と、兄の泳ぐ音。夏のぬるい海水がまとわりつく。

真っ暗闇のなかを、月明かりだけ頼りにして死に物狂いで水を掻いた。

すぐ後ろを、男たちが追ってくる。大きな声や、無数の照明。どぼんと飛び込む音がして、自分の足下に見知らぬ男が差し迫り、その男が泳ぎ、掻き分ける波が、トヨアキの足先に触れる。

トヨアキは、一番近くに見える陸地を一心不乱に目指す。

兄のほうが、泳ぎが速い。トヨアキは後ろが気になって、泳ごうにも気もそぞろ。

後ろから追いかけてくるのは、一人や二人じゃない。彼らは、トヨアキよりも泳ぐのがずっと速くて、ちょっとでも油断したらすぐに追いつかれてしまうし、足指の先にその男の手が掠《かす》めたような気もするし、気のせいな気もする。

「トヨ、トヨアキ……」

「に、っ……ちゃ……、まっ……っ、て……、っ！」

すこし前を泳ぐ兄に急《せ》かされ、慌てて泳ぐことに集中する。

後ろがこわい。指先が強張《こわば》って、体の動きはぎこちなく、いつもより上手に泳げない。

けっしてそんなはずはないのに、背後から捕食者に睨《にら》まれているようで、身が竦《すく》む。

水を吸った服は重く、ぬるい海に浸かっているはずの体は瞬く間に冷えて、胎《はら》の底から重く、ずしりと重石《おもし》をつけられたような怠《だる》さに襲われる。

後ろに迫る泳ぎ手が、そこで追いかけてくるのをやめた。

その隙《すき》に、トヨアキは、手を伸ばせば岩場に触れる距離まで泳ぎ切った。

兄の姿を捜し、どちらへ逃げよう……と目を配る。途端に、真っ白の灯りで海面を照らされた。まるで、野球のナイター照明のような、大量の光源だ。手を掲げ、目元に翳《かげ》を作る。数艘《すうそう》の小舟が、トヨアキを遠巻きに囲んでいた。まるで追い込み漁のように逃げ道を阻み、小島へ向かうしかないような、そんな包囲の仕方だ。

なんの変哲もない漁船だが、どこか古めかしい。あの船から男が飛び込んで、こちらまで泳いできたら、もう、逃げ場はない。追いつかれる。捕まる。

訳も分からず泣きそうになりながら、唇のしょっぱさに震えた。

「とよ、大丈夫？」

「にぃちゃん……っ！」

兄に手を引かれ、岩陰に隠れる。

その岩場はごつごつとして、水嵩《みずかさ》が低い。引き潮の時間帯なのか、これ以上進むと、船も岩礁に乗り上げるのかして、そこから先へは進んでこなかった。

「……あっち、泳いで行けるから、ついておいで」

兄が先んじて、とぷん、と頭まで沈む。

大きく息を吸って、止めて、トヨアキもそれに続いた。

暗い海中で目を開くと、船からの灯りで、海底の様子が見て取れた。

小さな洞穴がある。小島の奥へと続いているようで、水がそちらへ流れている。

二人して潜水し、海中に見つけた洞穴へ泳ぐ。

浅いとは言っても、海底に足がつかないし、息も限界がある。あまり奥へ入って、息が続かないのに顔を出す空間がないのも困る。それに、泳ぎ続けたせいか、追いかけられる恐怖を感じたせいか、心も体もとても疲れていて、動かしにくい。

学校のプールで泳ぐよりもずっと体が重い。酸素が足りない。筋肉が疲労して、前へ進むのが億劫《おっくう》で、なにより、どうしてこんなことになっているのか分からなくて不安。

兄はわりと落ち着いた様子で、すいすいと泳いでいく。

トヨアキはその後ろをついていくが、進めば進むほど、狭い横穴がいくつも現れて、海流の流れが複雑さを増し、ぬるい海水と冷たい海水が明確に分かれて肌を撫《な》ぜる。

こわい。

なのに、兄は、まるで海中のここにこういう抜け道があって、どこをどう進めば最短距離であるかを知っていて、どうすれば海流に呑《の》まれることなく目的地へ辿《たど》り着けるかを把握しているように泳ぐ。

澱《よど》みなく、衒《てら》いなく、優雅に泳ぎ進む。

でも、兄に従って間違えたことはない。兄は二十八歳。トヨアキより十歳も年上で、ちゃんと働いている大人で、どんなことも絶対に間違えない。勉強だってできるし、色んなことを知っているし、銀行のことも保険のことも詳しいし、優しいし、ご飯を作るのだって上手だし、ちょっと抜けてるところもあってのんびりしてるけど、しっかり者だ。

困った時は兄に相談すればいいし、兄の言う通りにして間違ったことはない。

トヨアキはあんまり賢くないけど、にいちゃんは賢い。すごい。かっこいい。

トヨアキは、何事もこの兄に助けられ、育てられたのだ。

だから、弟である自分は兄について泳ぐのみ。

ほら、思った通りだ。

兄について泳ぐうちに、不思議な光景へと行き当たった。

海のなかに、神社があった。

夜の遠浅とはいえ、真っ暗の海。

漁船の灯りも届かない洞穴の奥なのに、目も醒めるような朱色の鳥居や神殿造りの神社が見える。普通なら、水に浮く白木の床板さえ、きっちりと等間隔に並んで廊下となり、遙か遠く、どこまでも、どこまでも、曲がりくねった回廊が延々と伸びて、視界で追えぬその先にまで続く。

透き通った水の青も分かる。どこか仄暗く、それでいて、水底にあるのにどこまでも透明な青は美しく、薄水色から翡翠《ひすい》色、瑠璃《るり》色、群青色、色んな青がグラデーションになり、永遠と続く。こぽこぽ、こぽこぽ、真珠粒の気泡が海底から沸き上がり、まるで真珠のネックレスのように螺旋《らせん》を描いて海中を飾る。

きれいなばしょ。

でも、ちょっとさみしそう。

この神殿は、ずっと海底に沈んだまま一人ぼっちのような気がして、さみしそう。

でも、独りじゃなくて、ちゃんと、ここに人が生きていて、この海中の神殿が大事にされているような気がして、延々と無限に続く回廊のその奥へ進んでみたくて、トヨアキの体は、そちらへ向いて泳ぎ始めていた。

「……っ」

兄に、手を引かれた。

がぼ、ごぽっ。慌てて体の向きを戻して、兄の後ろを追いかける。

朱塗りの神社に魅入られた。

トヨアキは我に返り、ようやく、その美しさに夢中になっていたことに気づく。

ここは、おかしい。薄暗いのに周囲がよく見えて、水底に沈む螺旋の石階段や、永遠と続く朱塗りの柱廊は、朽ちることなく、生きた気配もなく、恐ろしい。

そして、それらを意識した途端、それまで感じなかった水の冷たさがひどく鋭敏になった。真夏なのに、まるで真冬のような、まるで冷水のような、まるで氷水のような、そんな寒さのなか、この水に取り込まれる恐怖を、覚える。

兄はそんなものを感じないのか、平然と泳ぎ進む。トヨアキは息が持たず、酸素を求めた。兄が、先に行けと指示するので、兄を追い越し、海中の社殿を泳ぎ切り、その先に、水面の切れ目を見つけると、大急ぎで水を掻いた。

岩と海面の接点に光が差し込んでいる。

陸地だ。

「……っ……！」

背後を仰ぎ見ると、兄はそこへ行けと指示する。

トヨアキは岩場に手をかけた。腕には力が入らず、指は弾《はじ》かれ、自力で海面に上がれない。溺《おぼ》れそうなトヨアキの肩に手をかけ、兄が支えてくれる。トヨアキの代わりに、兄がいくつかの岩肌を手がかり、足がかりにして、先に陸へ上がった。

「とよ！　おいで！」

トヨアキへ、手を伸ばす。

「……っ、……っ‼」

がぽ、ごぽっ。口が大きく開いて、最後の酸素も水泡に帰す。

トヨアキだって息がしたいし、ここは寒くて暗いから陸に上がりたいのに、どれほど「おいで、はやく！」と叫ばれても、どうにも恐ろしくて上がれない。

陸地に何かがある気がして、こわい。

真っ暗闇の海なのに、途轍《とてつ》もなく澄み渡り、水底まで見通せる洞穴。海中にあるのに、色剝《は》がれもなく、朽ちることもなく、どこまでも続く朱塗りの社殿と白木の回廊。

目の前にいるのは兄なのに、後ろにあるのは単なる神社なのに、どちらも、こわい。

息が続かない。でも、陸地には上がりたくない。

どぷん。海中に、太い腕が一本入ってきた。

その腕は、海中を掻き混ぜて探すような動作をして、トヨアキに触れると、縮こまっていたトヨアキの襟首を摑《つか》むなり、その腕一本で、海面まで引き上げた。

「……っ、ぁ、ぷ……っ！」

げほ、がぼっ。噎《む》せこむトヨアキは誰かに肩を抱かれ、その懐に倒れこむ。

トヨアキはわりと身長もあって、体格も良いほうなのに、この男はそれよりもずっとしっかりした体軀《たいく》をしている。

「は、……っひ、っ、ひっ……っ」

ごつごつとした固い岩場で、水もないのにもがく。背骨が抜けたように力が入らない。ぼたぼたと冷たい雫《しずく》がいつまでも毛先から滴り落ち、ぬるい何かが全身にまとわりつき、気持ちが悪くて、海水にやられた目も痛くて、鼻もつんとして、肺が悲鳴をあげている。

寒くて冷たい体に、トヨアキを抱く男の体温だけが温かい。

「……っに、ぃちゃん……っに、ぃちゃ……っ」

にいちゃん、どこ。

にいちゃん、にいちゃん……無事？　大丈夫？　どこにいるの？

知らない男の腕のなかでもがく。

「大丈夫だ、ヤスチカならそこにいる。暴れるな」

その男は、がっちりとした腕でトヨアキを抱きしめ、優しく言い含めた。

「……にぃ、ちゃん……」

男の肩越しに、見知らぬ男が数人と、兄の姿があった。

そこで視界が真っ暗に落ちた。

次いで、自分の体がずしりと重くなるのを感じながら、男がしっかりと抱き留めてくれるのが、かろうじて分かった。

＊

宴会だ。それも、酒のしこたま入ったどんちゃん騒ぎ。

酔っ払いの朗らかな笑い声、女の人の楽しげな世間話、赤ちゃんの泣き声や子供の走り回る音。かちゃかちゃとひっきりなしにお茶碗やお箸《はし》の音がして、乾杯の杯が触れ合って、わいわい、がやがや、とびきり愉快な雰囲気が伝わってくる。

「いやぁ、それにしてもえぇ子がきたもんだ！」

「ちょっと若すぎやしないかい？　それに、カラもデカくて可愛《かわい》くねぇだろう」

「何を言うか、こういうのは、丈夫で、若ければ若いほどいいんだ」

「そうだそうだ！　これでサツノ町の奴らをまたひとつ出し抜けるってもんだ！」

「……同じ島の住民同士でケンカするってのも、馬鹿な話だね」

「それも、嫁の奪《と》り合いなんかでねぇ……」

「これぞ御神事だ、御神事」

「まぁ、どっちも少子化だし……嫁の来手がないってのもほんとだしねぇ……」

「しかし……まぁた男か。可愛げがなぁ……がっちりしとるなぁ……」

「おなごはなぁ……ほれ、ミタテと相性悪かろう」

「それを言うなら、スイ様も……」

「アンタたち、好き勝手言ってんじゃないよ。えぇかい？　滅多に来ない嫁なんだから、大事にすりゃいいんだよ」

「そうだよ、兎《と》にも角《かく》にも、添うてもらいさえすりゃこっちのもんなんだ」

「そういうことだ！　ほら、飲め飲め！　今日は佳い日だ！」

「いや、だめだって、おっちゃん。チカに酒すすめちゃ、チカは人間なんだから」

「人間も酒は飲む」

「チカ、そうじゃなくて……ね？　ほら……、さ？」

「あぁ、そっか、体に悪いのか」

「そうそう！　それ！　も――……頼むから、そのあたり覚えてね。体、大事にして欲しいしさ。……なのに、海にも入っちゃうんだもん」

「今年、初めて泳いだ」

「当分、水回りはやめてね」

「……はいはい」

知らない人の会話に、兄の声が混じる。

兄の声が聞こえると、たくさんの人の笑い声だけの世界に、美味《おい》しそうな匂いが増えて、嗅覚《きゅうかく》も目を醒ます。

まず、つんと鼻に通る甘い日本酒の香り。次いで、根菜の煮物、蛸《たこ》や蟹《かに》の酢の物、有頭海老の塩焼き、鯛《たい》の煮つけ、舟盛りのお造り、浅蜊《あさり》の酒蒸し、天麩羅《てんぷら》、甘辛いタレの穴子の蒲焼き、海風とお日様と潮と……色んな匂いが広がる。

それらでトヨアキは目を醒ました。

けれども、体は怠さを覚え、動きたくても動けない。

薄目を開くと、塩水にやられてぼんやりした視界に、きれいな景色が映りこんだ。

一番遠くに、真っ白の太陽光と海の水の青さ。そこから手前に、白木の床板、朱塗りの柱、敷居、藺草《いぐさ》の色も新しい大座敷が広がり、黒漆の長机がトヨアキのほうへと伸びる。

この神社は、海の上に建てられている。それで、「あぁ、ここは、あの海のなかの神社の、その、陸に上がったどこかだ」……と、なんとなく察した。

ここは、あの海のなかで見た神社と同じ空気がある。

恐ろしいのに美しく、孤高であるのにさみしさはなく、気高く清涼で静謐《せいひつ》。あっという間にその場に引きこまれて、呑まれてしまう、言葉にはできない神々しさ。

そう、神々しいのだ。

ここは、神がかって美しい。

全体的に白っぽい雰囲気の、神々しい場所で、宴が開かれている。

ご馳走《ちそう》の載った長机の両端には、どこにでもいるような人たちが飲み食いしていた。

Ｔシャツにエプロン姿もいれば、日焼けした肌の釣りが好きそうなおじさんもいるし、トヨアキと同年代くらいの学生服の子もいる。かと思えば、小学生くらいの子供もいるし、赤ん坊もいるし、若い夫婦もいる。子供をあやすお兄ちゃんがいれば、おじいちゃんやおばあちゃんもいるし、二十歳《はたち》前後の若い衆は固まって酒を飲んでいる。

銘々がご馳走に箸を寄せる様は、どこにでもある町内の宴会といった風情があった。

その宴席の上座に、兄の後ろ姿があった。トヨアキからは、兄の背と、兄の隣で馴《な》れ馴れしく兄の腰を抱く男の横顔がある。

「チカちゃん、お魚食べられる？　生モノいや？」

「うん。生モノはやめとく。そっちの煮物がいいかな。……ほら、俺のことはいいから、シンタも食べなよ」

兄の名前はヤスチカだ。

それを、あんなふうに甘ったるく「チカちゃん」と呼ぶ存在がいるなんてトヨアキは知らない。そして、兄もまた自分をそう呼ぶ男のことを「シンタ」と親しげに名前で呼び、気遣う。そんな兄の声を、トヨアキは聞いたことがなかった。

シンタはヤスチカを大事に扱い、ヤスチカもまたシンタを大事にする。

会話だけでそれが伝わってきて……なんだか、気持ち悪い。

なのに、周りにいる大人たちは、そんな二人を誉《ほ》めそやす。

「シンタ様は、立派にお役目を果たされた」

「いうなればこれは、イヅヌがサンオンボウがよりいっそう盤石になったということ！」

「……ところで、話を戻すが、その子はどちらが面倒を見る？」

「三人いるぞ」

「シンタ様はヤスチカ君のものだ」

「では、あと二人……ミタテ様か、スイ様か……そのどちらかだな」

知らない単語や知らない人の名前がたくさん出ているのに、ヤスチカも「そうですね」なんて平然と応《こた》え、知らないおじさんがお酌するビールをコップに受けて、「あ、そうだ、ダメだった。シンタよろしく」とコップをシンタに手渡し、シンタがそれを空にする。

すごく、馴染《なじ》んでいる。

トヨアキは薄目で様子を窺《うかが》い、考えを巡らせた。

自分自身は、柱に凭れかかり、寝かされた恰好《かっこう》だ。生乾きのシャツが肌に張りつき、髪も濡《ぬ》れている。泳いだせいか倦怠《けんたい》感が残り、差し込む陽光は暖かいはずなのに寒くて、息をするのも億劫で、もう海のなかにはいないのに、まるで海のなかにいるように重い。

何度も、何度も、自分の喉元《のどもと》を掻き毟《むし》ろうとして、腕が持ち上がらない。息が、できない。茹《う》だるような熱。怠さ。ここの空気を吸うたびに、煽られるようないやらしい感覚が、胎の底で燻《くすぶ》る。涼しげで清らかな空気なのに、なぜか、トヨアキには馴染まない。

「寝たふりをするな」

「……っ！」

耳元で囁《ささや》かれ、トヨアキは大きく目を見開いた。

動いた拍子に、ふに……と、やわらかいものが唇に触れた。

視界いっぱいに目つきの悪い男の顔があって、その怖い仏頂面が笑いもせずに、トヨアキの濡れ髪をぐしゃりと掻き混ぜ、立ち上がる。

「あ、トヨアキ、目が醒めた？」

ヤスチカが振り返り、いつもの兄らしい顔で笑う。

「にぃ、ちゃ……」

あぁ、にぃちゃん。いつもの俺のにぃちゃん。そう思って、傍《そば》に寄ろうとするトヨアキに、ヤスチカは笑い顔のまま「どちらにする？」と問いかけてきた。

「……に、ぃ……ちゃん……？」

トヨアキは、そこで、怖い顔の男だけではなく、ヤスチカも、シンタも、他の全員も、トヨアキが目を醒ましていることに気づいていたのだと理解した。

異様な雰囲気を察知して、「にぃちゃん、なにこれ、どういうこと？」と、そう問いかけたいのに言葉は出てこず、愛想笑いで小首を傾《かし》げ、周囲を見渡す。

普通の、どこにでもある宴会。机の上にはご馳走。なのに、海の上に佇《たたず》む朱塗りの神社。

真っ白の太陽光。緑がかって青い海。べたつく潮風。取り巻く空気は、まるで神域。庶民的な竜宮城。明るく清々《すがすが》しいのに、トヨアキには、すこし重荷な空気の鬼ヶ島。

「に……ちゃ、きもちわるい……からだ、おもい……」

「とよ、大丈夫だからね」

「……くるし、い……にぃちゃん、ここ……やだ」

動き始めると、体も目を醒まし、息苦しさや怠さを強く感じ、喘《あえ》ぐ。

ヤスチカがトヨアキの頬《ほお》を撫で、息苦しさを取り除くようにシャツの胸元に触れてくれるが、それではちっともマシにならない。

「やっぱり、俺じゃなくて、ここの誰かの鬼気が必要みたいだ」

ヤスチカが背後を振り返ると、周りの人間も「そうかそうか」と頷《うなず》く。

「にぃちゃん、しっかりして……」

なんでここでそんなふうに普通にしてられるの。なんかおかしいよ。

「大丈夫だ、なんにも心配はいらない」

ヤスチカはまるで経験者のように振る舞い、何事も憂う必要はないと宥《なだ》め賺《すか》す。

「……っひ、ぅ」

トヨアキは、寒さと、息苦しさと、熱さと、怠さに耐え切れず、助けて欲しい、病院へ連れていって欲しい、横にならせて欲しい……と、そんな思いでヤスチカに縋《すが》る。

だが、恐ろしさからか、具合の悪さからか、弱々しく喘ぐに終わった。

「さて、どうする？」

「どちらかに決まるまでは、我々も手を出せない」

皆が口々にそう言うから、いつまで経ってもトヨアキは助けてもらえない。

「ミタテ、お前はどうだ？」

シンタが背後を仰ぎ見て、あの恐い顔をした男に尋ねた。

ミタテと呼ばれたその男は、首を横にした。すっきりとした眦《まなじり》がまっすぐトヨアキを見つめ、「嫁は要《い》らん。子供もな」と吐いて捨てる。たったそれだけの仕種《しぐさ》でも、トヨアキは、短い髪や太い首筋といった男臭い生き物に馴染みなくて、威圧感を覚えた。

「スイは？」

シンタは、ミタテの斜め後ろに視線を向ける。

ミタテの大きな背に隠れるようにして、細身の青年がいた。壁際に凭れかかって座っていて、大きな欠伸をしたかと思うと立ち上がり、ちっとも興味なさそうに「死んじまえ」と吐き捨て、ぼんやりとしたトヨアキの横腹を蹴《け》った。

「え、ぁ…………っ、い……ったい……」

言葉や足癖の悪さよりも、スイの整った容貌《ようぼう》に衝撃を受け、トヨアキは反応が遅れる。

「……では、どちらかの伴侶《はんりょ》と決まるまで、監禁しておくということで」

さも当然のような対応で、年配の誰かがそう提案した。

「に、ぃちゃん……！　逃げよ……？」

監禁という言葉に反応して、トヨアキはヤスチカの腕を摑んで訴えるけれど、ヤスチカはやんわりとその手を取り、微笑《ほほえ》む。

「大丈夫、お前もお母さんになったら分かるから」

「……は？」

「逃げる必要はない。何もこわいことはないから。……それに、苦しいのも相手が決まるまでの辛抱だから、大丈夫、何もこわくない」

「……にぃちゃん、冗談きついってぇ……」

「俺はもうここで生活するって決めたし、ここの天狗《てんぐ》に嫁入りしちゃったし、戻らないから、とよもそのつもりで考えな」

「……なに言ってんの？　にぃちゃん、大丈夫……？」

「ほら、あれだよ、ここ最近、天狗は人口減少しちゃっててね、近頃じゃ、攫《さら》ってきた嫁に子供を産ませるっていうのが、このイヅヌ島の総意ってやつなんだ。……で、健康なのはいないか、親に縁のないのはいないか、消えてもたいして騒がれぬ子はおらぬか……と問われて、じゃあ、うちの弟もどうぞ、って薦めたんだ」

「にぃちゃん、俺、馬鹿だから……難しいのよく分かんない」

「売られたんだよ、兄貴に」

スイが、嘲笑《ちょうしょう》混じりに嘯《うそぶ》く。

「……そうなんだ？　にいちゃん？　うち、お金に困ってた？　ごめん？　でも、俺、ここはやだな？　帰りたい。ここ、なんか怠いし、風邪《かぜ》ひいたっぽいから、帰りたい」

「ごめんな、トヨアキ。……でも、諦《あきら》めろ」

兄が微笑む。ちっとも話を聞いてないような、いままで見せたことのないような穏やかで、きれいな、おそろしい微笑みを浮かべて、笑う。

トヨアキは何も言えず、二週間前より少し伸びたヤスチカの髪と、常にヤスチカに寄り添うシンタを見ながら、「ここはどこかおかしい」とそんなことを思った。

＊

兄のヤスチカは、もともと優秀な人だった。

運動も勉強も得意で、人柄も良くて、優しくて、なんでもできた。

それでいてちょっと向こう見ずなところもあって、中学生のヤスチカが、夏休みに、家族に何も言わずにどこかへ出かけて帰ってこなかったことがあった。その時は、単独で隣県まで自転車で行ったと事後報告して、家族を驚かせた。

高校も大学も相談なしに自分で決めて、学費は自分で稼ぐからとお金のたくさん入った通帳を親に見せて独り暮らしを決めて、それから何年も帰ってこなくて、大学を休学したかと思えば海外へ行き、トヨアキはそれらを全《すべ》て事後報告で聞かされて、また驚いた。

自由人なところもあって、破天荒で、こうと決めたらテコでも動かない。

十歳下のトヨアキにはそれがまた魅力的に映り、なんでもできる兄が頼もしく見えた。

小さな時からケンカにもならなくて、トヨアキが一人で怒って、一人で我儘《わがまま》を言って、一人でぷんぷんして、でも、ヤスチカはトヨアキが怒っていてもいなくても、いつも通り「一緒にゲームする？」とお菓子とジュース片手に甘やかしてくれた。

両親が離婚して、父母がそれぞれ新しい家庭を持ち、行く当てのないトヨアキが「わぁ、困った！」と思う前に「お前は今日から俺と一緒だからな」と、自分が一人暮らしするアパートにさくさく荷物を運んでくれるような兄だった。

でも、そんな自由な生活も大学生までで、大人になってからのヤスチカは、自由人だった片鱗《へんりん》さえ窺えないほど生真面目《きまじめ》な人間になった。仕事にも熱心で、順調に出世して、最初は二人で六畳一間のアパートだったのが、いまでは風呂《ふろ》とトイレが別の３ＬＤＫのマンションになった。

実際のところ、トヨアキは、兄が隣県まで自転車で行ったことよりも、大学を休学したことよりも、正社員になったことに一番驚いた。

驚くほどに落ち着いた人生を選んだことに、「あれだけ遊んでも、ちゃんと将来のことを考えてるにぃちゃんはすごい」と改めて尊敬さえした。

トヨアキも、ヤスチカに助けられながら、自分なりにできることは頑張って、二人で支え合って生きてきたと思う。

その仕事熱心なヤスチカが、一人で出張へ出向くのはよくあることだった。

一週間や二週間……国内の時もあれば、国外の時もある。いつもたくさんのお土産《みやげ》と一緒に帰ってきて、「すごくいいところだから一緒に行こう」とトヨアキを誘ってくれるのもよくあることだった。

今回も、「魚がすごく美味しくて、きれいな場所でさ……夜釣りをすると、いいんだ」と言うので、トヨアキは「うん」とふたつ返事をした。

車で行ける範囲だったので、土日を利用して行くことにした。

本土から出る定期便の船に車ごと乗りこみ、小島が点在する瀬戸内のひとつへ渡る。

船上からその景色を眺め、ヤスチカが目的地を指差して教えてくれた。

「ほら、あれがこれから行く島だ。……イヅヌ島っていうんだよ」

「でっかい山がある。……なんか変わった形してるね。横向いた瓢箪《ひょうたん》みたい」

「瓢箪の右側がウツノ町、左側がサツノ町。ウツノとサツノでひとつの島だ」

「ふたつの島じゃないんだ？　真ん中、海に沈んでるよ？」

「本当はあのふたつ、くっついてるんだよ。潮が引くと、道ができるんだ」

「へぇ～にぃちゃんすげー」

「それで、ほら、あのウツノとサツノの間に、海のど真ん中に建ってる朱色の鳥居が見えるだろ？　あれが、イヅヌ島の神社の大鳥居で、島の入り口だ。いまは参道が海に沈んで離れ小島みたいになってるけど、潮が引くとあそこにも渡れるんだ」

「にぃちゃんすげー……いっぱい知ってるー！」

「満潮の時は、山側から神社に渡る道を使うんだ。その散歩道もおすすめかな」

「やっぱにぃちゃんすげー……かしこい～！　俺、地理ぜんぜんダメだぁ……」

「……お前、こないだの前期テストは最悪だったもんなぁ」

「社会？　社会のやつ？」

「岐阜って漢字で書けるようになろうなぁ」

「俺、漢字苦手。……こないだのテストでさぁ、頑張って自分の名前とか漢字で書いたら間違っててさぁ、びっくりした！」

「にぃちゃんそれ初耳。にぃちゃんもびっくりしてる」

「体育と音楽と美術は褒められるんだけどね。栄養がぜんぶ身長にいっちゃったんだよねぇ。……あ、にぃちゃん、もうすぐ船着くってさ！　着いたら穴子のご飯食べたい！」

「……そうだな。ご飯にしような」

兄とおでかけできるのが嬉《うれ》しくて、たまらなかった。

島に着くと、港の食事処で穴子飯をにこにこ頬張り、腹を満たして車で釣り場へ向かい、そこからは釣り具とクーラーボックスを担いで岩場を下りた。岸壁に近い釣り場を選び、そこでゆっくりと腰を落ち着けて釣り糸を垂らし、釣果があったなら、その場で捌《さば》いて、お造りにしたり、焼いたりして、保温ボトルに淹《い》れたお茶を兄に飲ませてもらって、夕暮れまで楽しんで……帰る時に眠くなって……。

「とよ、寝るならせめて車に乗ってからにしてくれよ」

なんてふうに笑う声が聞こえて、目が醒めたら、廃バスのなかにいた。

あとはもうさっきの通り。

トヨアキの兄が、トヨアキの兄じゃなくなった。

「出してー、ここから出してー……ここ、寒いー……！　床がびちゃびちゃしてますー！　お尻《しり》いたいー！　ねー……出してー！　さーむーいー！　おなかすいたー！　風邪ひいちゃうー！　ここ気持ち悪いー、フナムシとか出てきたら俺すごいかわいそうー！」

がっちゃがっちゃ、両手で鉄格子を揺する。

牢屋《ろうや》は、海風や潮に削られた洞穴の奥にあった。岩盤の天地に鉄の格子を嵌《は》めてあるだけだが、叩《たた》こうが抜こうが引っ張ろうがびくともしない。

「にぃちゃーん！　たすけてー！　とよ、死んじゃうー！」

わざと大声を出すけれども、うわんうわんと響くばっかりで、誰からの返事もない。

ここへトヨアキを連れてきたのはミタテだが、ミタテも、トヨアキを放りこむなり、どこかへ行ってしまって、それから半日は経つが、誰も来ない。

時々、携帯電話で時間を確かめたりはするが、電話やネットも繋がらなかった。

「……にーちゃぁん」

精一杯の元気も尽きて、肩から項垂《うなだ》れる。

「お前、うっせぇよ」

がちゃん！　鉄格子をスイが蹴った。

「うわっ、こわっ……蹴るなよぉ……」

鉄格子から手を放し、距離を取る。

それから数秒の逡巡《しゅんじゅん》の後、「会いに来てくれたんだ？」と手を伸ばした。

「牢屋暮らしはどうだ？」

スイはその手を取らずに鼻先で笑い飛ばす。

「どうって言われてもさぁ……なんかやばいよ？　ここの人、あたま大丈夫？」

「頭はやばいよなぁ」

「だよねぇ……なんか、やばいよねぇ……島ぐるみでやばいよねぇ」

「お前……なんか……会話が、頭悪いな」

「俺が頭悪いのはいつものことだからどうでもいいよ～……それより、にぃちゃんどうしてる？　俺のことなんか言ってた？　いつ、ここから出さしてくれんの？」

「お前がここの誰かの嫁になったら」

「……スイちゃん、あのさ」

「勝手にちゃん付けで呼ぶなよ……」

「俺、ちんこあるよ？　見る？」

「見ねぇよ」

「ちんこあるのにお嫁さんになるの？」

「………お前んとこのにぃちゃんもちんこあるけど嫁さんになってるだろうが」

「あぁ、そっかぁ……頭いいね、スイちゃん。…………いや、そうなんだ？　ちょっと待って？　にぃちゃん嫁入りしたんだ？」

「そうなんだよ。…………あぁもうめんどくせぇな……いいか？　一回しか説明しないから、脳味噌《のうみそ》ちゃんと働かせて、ちゃんと話聞けよ」

「はーい」

スイが牢屋の向こうに胡坐《あぐら》をかいて座るので、トヨアキも同じように座る。

「このイヅヌ島は、地図には載ってない島だ」

「社会科の？　地図帳？」

「……あー……？　……あぁ、うん、それでいいから、とりあえず載ってない」

「なんで？　誤植？　田舎だから？」

「田舎にケンカ売っててんのかお前。ちげぇよ、ここは、普通の人間の目には見えない島なんだよ」

「なんで？」

「鬼天狗が棲《す》んでるから」

「……おに、てんぐ」

「お前の兄貴はこの島へ迷いこんで、鬼天狗の嫁になった。ま、天狗隠しにあったと思え。……ほら、シンタって男がいたろ？　あいつの嫁になったんだよ」

「なんで？」

「天狗は男所帯だ。俺らは嫁が足りなくて、常に嫁探しをしてる。あと少子化問題。現代社会の闇。ど田舎にありがちな過疎化と廃村危機のそれ」

「ドーナツ化現象！」

「おー……えらいえらい。……で、お前の兄貴とうちの天狗の一匹が恋仲になった。お前の兄貴は、この島があまりにも女日照りと知り、憐《あわ》れに思った。そして、自分はこの島で伴侶を得てこんなにも幸せだし、このままこの島で暮らすと決めた。けれども、外へ置いてきた高校生の弟が気がかりだから……と、弟を呼びこんだ」

そう、たとえば……、「俺の弟なんてどうだろう？　生意気で、可愛い顔をしていて、ちょっと甘ったれだけど、俺よりもずっと素直でいい子だよ。いつもにこにこして明るいし、元気で丈夫。それになにより健康で、背中がきれいで、とってもしなやかな体つきをしているんだ」なんてふうに島民へ売りこみ、島民もその話に乗った。

夜釣りへ行こう、と言葉巧みに誘い出し、弟をこの鬼ヶ島へと連れこんだ。

兄にとっては竜宮城へ、舞い戻った。

「お前は兄貴に売られたんだよ」

「……わぁ」

うぇへへ、と頬を掻いて笑う。

面白い話。にぃちゃんが俺を売ったりするわけないのに。

「冗談だったら、いま、お前はこんなとこにいねぇよ。……大体にして、お前がバスんなかでおとなしく寝てりゃ、そろっと運び出して上手いこと手籠《てご》めにしてやったのに……」

「手籠めってなに？」

「……あほ」

「俺、あの時、目ぇ醒まさなかったら手籠めにされてたの？」

「孕《はら》ませて向こうへ帰れなくするんだよ。……なのに、お前が途中で目ぇ醒ますからこんな面倒臭いことになってんだ」

「あの時、俺だけが縛られてて、にぃちゃんは縛られてなかったのって……にぃちゃんはもう手籠めにされてたから？」

「そうだ。お前の兄貴は、自分の幸せの為《ため》に、お前を生贄《いけにえ》に差し出したんだよ」

「難しいこと、よく分かんないなぁ……」

でも、たぶん、いま、この子は俺のことを傷つけて、悲しませるような言葉をわざと選んで使っている。なんだろう……あまり、この話、たくさん聞きたくない。

「ここを、鬼ヶ島にするも、竜宮城にするも、天狗の里にするも……それらの全てにするもお前の自由だ。どうとでも解釈しろ。ただ、ここは天狗の暮らす島だ。三隠坊《さんおんぼう》の島だ。お前も、ここからは出られない」

「出らんないの？」

「あぁ」

「そっかぁ……困ったなぁ……さんおんぼう？　の島だから？」

「このイヅヌ島に暮らす鬼天狗の集団は、己らをそう称する」

「なんかかっこいい」

「そう言ってられるのもいまのうちだ。……おい、こっち見んな」

「スイちゃん、きれいな顔してんねぇ」

鬼天狗の由来を説明されても、話の半分も頭に入ってこない。

目の前にいるスイという生き物が美しすぎて、現実味のない話はどうでもよくなる。

スイの瞳《ひとみ》を見つめるうちに、あの海中の神社に誘われて、奥へ奥へと泳いでいってしまいそうな感覚を思い出して、手を伸ばして触れようとして、べしんとはたき落とされた。

「お前、ほんっとあほだな」

「あほでいいよぉ。ほんとだし。それより、スイちゃん何歳？　大学生くらい？　仲良くしよ？　ここ寒いし、風の音がびょおびょおこわいし、なんかずっと怠いし、あったかくしたいから服とか毛布とかちょうだい？　お腹も空《す》いたしさ、お風呂も入りたいから外に出して？　おねがい」

「やだ」

「俺、風邪ひいちゃう」

「風邪ひいて、高熱でも出せよ。そしたら出してもらえるかもな」

「スイちゃん賢い！　……すっごいか、し……こ……スイ、ちゃん？」

鉄格子の隙間からスイの腕が忍び入り、トヨアキの襟首を摑んで引き寄せた。

視界いっぱいに、きれいな顔。伏し目がちの長い睫毛《まつげ》。灰がかった銀のような、灰に溶いた水銀のような、不思議な風合いの瞳に魅せられ、息をするのも忘れる。

ふいに触れたスイの唇は、死人のように冷たい。

口づけひとつで命を奪われるのだと、本能が察する。

「ちんこ勃《た》たせてんじゃねぇよ」

「……んっ、ぁぷ」

唇を嚙まれ、息を吹きこまれて、それでようやく息継ぎをして、でも、目を逸《そ》らすことはできず、あの水底の社に魅入られた感覚のまま、スイの瞳に溺れる。

清らかで、澄んだ水底の、重くのしかかる重圧。

「す、い……ちゃ……スイ、っ、す……ぃ、やめっ……おぼれっ……っ」

溺れる。こわい。殺される。

スイの腕を両手で握るが、どれだけ力を籠めても剝がれない。

それどころか、余計に深く唇を重ねられ、息を封じられ、心臓を直接握られ、脳味噌をぐちゃぐちゃに掻き回されて、心の底を支配されて、このまま呑まれて喰《く》われて死ぬ。

いまから自分は死ぬのだと、理解する。

「スイ、殺すな」

男の腕が、力任せに二人を引き剝がした。

スイは後ろに、トヨアキは尻餅《しりもち》をついてその場にへたり込む。

「ミタテか……」

スイは、濡れた唇を手の甲で拭うと、ミタテのシャツを引っ張ってさらに拭《ふ》き清めた。

二人の間に割って入ったミタテは、スイとトヨアキを交互に見て、眉間《みけん》に皺《しわ》を寄せる。

「ひっ……っ、は……っひ」

トヨアキは尻這いして、牢屋の奥の、岩肌までずり下がった。

いやだ、こわい、ころされる、しぬ。

さっきまで普通に会話していたのに、唇が重なって、こわいと思った瞬間にはもう動けなくて、体の内も、外も、土に埋められながら海に沈められて、気持ち良いのに死ぬのだと思った。……思ったのに、なんの抵抗もできなかった。

「姿が見えないと思えば……こんなことをして」

「そいつがここから出たいって言うから、その息の根、止めてやろうとしただけだ」

死体ならば、いくらでも外へ出られる。

鬼天狗は、生きて孕む者にしか用がない。

「ここへ入った奴なら、誰しもが一度は考えることだろ？」

死にたい、自由にしてくれ……って。

「スイ！」

「うるさい、デカい図体でデカい声出すな」

「二度とするな」

「はいはい」

不承不承、不貞腐れた態度ではあるけれど、スイはミタテの言うことを聞き入れた。

腹いせまがいにミタテの裏腿《うらもも》に蹴りを入れて、背を向ける。おとなしく引き下がってはいるが、トヨアキに「出たくなったらいつでも俺に頼れよ」と笑って脅すのも忘れない。

「……っ」

トヨアキは、静かに、息を呑む。

陽が陰って、夕陽が洞穴に差し込み、長い影がふたつ、トヨアキの足下まで伸びていた。

スイの影には角が三本。ミタテの影には、角が二本。

三本角のスイが立ち去ると、二本角の影がくるりとトヨアキへ向き直った。

「おい、大丈夫か？」

「……っひ」

ちょっとでも自分の体に影がかからぬよう、ぎゅっと足を縮こめる。

トヨアキの気持ちを察してか、ミタテは牢屋にこそ入ってきたものの、あまり近寄らず、「どこまでされた？」とだけ尋ねた。

「……こ、ころさないで……やだ、にぃちゃん……たすけて」

「さっきも助けた」

「……たす、け……っ、あ、……あぁ、たすけて……くれた？」

あぁ、そうだ。スイに殺されそうなところを助けてくれたのは、この人だ。

じゃあ、この人は怖くない人か？

「顔は、こわいけど……こわくない？」

「知るか。……無事ならそれでいい」

「ど、どこ行くの？」

「戻る」

「戻んないで。……やだ、ここ、ぃやだ、置いてかないで……」

ひとりはやだ。死を感じたり、寒いのに体が熱くなったり、さっきみたいに溺れて沈んで戻ってこれないような、そんなこわいの、もう耐えられない。

「…………」

ミタテは眉間に皺を寄せ、じっとトヨアキを見つめている。

「そと、出たい、ここから出して……ぉねがっ、ぃ……だから……っ」

スイの唇を与えられたせいか、死ぬような恐怖を覚えたせいか、尿意のような勃起《ぼっき》に襲われている。恥ずかしい、寒い、こわい、殺されたくない、さみしい。

全部が一緒くたになって、耐えられない。

「ここから、出して……」

「…………」

「……なんでも、するから……」

にぃちゃんに会いたい。外に出たい。死にたくない。ここはもうやだ。助けて。

「俺の手つきになれば、ここからは出してやれる」

「手籠めに……する、やつ……？」

「……あぁ……まぁ、そう、それだ」

「じゃあ、それやって……」

寄せては引く波のように永遠と繰り返すこの底知れぬ恐怖を奪って。

俺をここから出して。

＊

両手を縛ったままなのはどうして？

暴れると面倒だから。

なんで足は縛らないの？

両脚縛ったら、突っ込めんだろうが……面倒臭い。

目は？　なんで目隠しもすんの？

情が移ると面倒だから。

面倒臭がり？

そうだな。面倒臭がりだな。

「……ぁー……」

手籠めって、こういうことかぁ。

男同士で、やらしいことすること。

牢屋に放置されていた縄で両手を縛られ、ミタテの首にあった手拭いで目隠しをされる。せいか、ミタテとの物理的接点は少なく、男にされているという実感もない。

ズボンと下着だけ脱がされて、手コキで抜かれた。全然そんな雰囲気でも気持ちでもないのに、あんまりにも上手で、あっという間に追い上げられて、途中から、男にされていることも忘れて、射精した。萎《な》える暇もない手管だ。射精の余韻に浸り、息を整えている間にも、会陰《えいん》から尻の穴にかけてを解《ほぐ》すようにミタテの指が捏《こ》ね回す。

「みたてさん、なに、すんの……？」

「黙ってろ」

「…………はぁい」

低い声で一喝されて、すごすご引き下がる。

ミタテの指は、尻のなかには入ってこず、表面をくにゅりと押したり、括約筋のふちをなぞったり、ふわふわ触れてくるから、くすぐったい。むず痒《がゆ》さにシャツを噛み、ふっ、ふ……と短い呼吸を繰り返す。

「暴れるなよ」

おむつを替えるように、トヨアキの腰を持ち上げる。

ばたっ、と驚いて跳ねるその足を、ミタテは上手に避けた。

「あ、あの、みたてさん……？」

「なんだ」

「で、できたら……なに、するか……声に出してから、やって欲しいな……って」

「…………」

「びっくりするなぁ……って」

「分かった」

「あ、ありがと、ございます」

よかった。顔も声も怖いけど、物分かりはいい人っぽい。

「股《また》、開くぞ」

「……ん、ぅ……ん？」

内腿に手指がかかり、驚いて閉じた股を開かされる。

足の付け根を片手が摑んだまま、もう片方の手が、尻の肉を割る。手が大きくて、がばっと摑まれるから、ちょっとこわい。トヨアキの予想する範囲を超えて手の平が触れてきて、摑まれたところの肉ごと持っていかれそうな気がする。

「なんか、挿《い》れんの……？」

「まだ挿れない」

張りのある尻肉の狭間《はざま》へ、人差し指を滑らせる。括約筋の表面を撫ぜるだけの動きに混じらせて、指の腹をそこへ食い込ませたり、引っかけたりする。

「ふふ、っひ……ふふ……」

「なんだ？」

「くすぐったい」

上半身を捩《ねじ》って、笑い転げる。

「挿れた」

「……ひっ、ぅ！」

笑ってる真っ最中に、事後報告で指が入ってきた。

人差し指が、腸壁をまっすぐ奥まで貫く。入り口は引き攣《つ》るけれども、腹のなかは腸液で濡れている。ぬく、にゅく。前後運動で抜き差しされると、腹の底から骨盤にぞわぞわと響いて、背筋が震えた。

「根元まで入った」

「なかっ、……は、うごかして、いいけど、入り口？　の、とこは、動かさないで」

「痛いか？」

「……うん……んっ、ぅ、ぁ」

「抜いた」

「事後じゃなくてぇ……ちゃんと、やる前に、言って」

「すぐにまた挿れる」

ぴり、と何かを破る音がして、少しの間が空いたかと思うと、また指が入ってくる。

「だっ、ぁら……やる前に、言って……って……」

「痛いか？」

「痛くない、けど……さっきよりなんか、気持ち悪い……」

「我慢しろ、何もないよりマシだ」

「ぅー……」

ぎゅうと首根っこを竦めて、縮こまる。

指が、二本に増えた。この人、ほんとは面倒臭がりなのかして、ちゃんと声にしてからにしてって言ってるのに、思い出したように「増やした」とか後になって言う。

まるで、作業だ。

「みたて、さん……そんな、淡々と進めないで……」

「なんの為に？」

「なっ……え、なんの、ためだろ……？」

「早くここから出たいなら、早く終わらせるのがいい」

「……っひ、ぇあ？」

その通りだけど、俺、こういうことするの初めてだし、こういうことを好きでもない人とするのが正しいのかどうか分かんないし、こういうやり方で、こういう状況で、こういうことをするのが果たして正解なのか分かんないから、だから……。

「……っ、ぃ、た、ぃい……っ」

自分の手を強く握り、ぐぅ、と唸《うな》る。

「早く出たいなら、気合入れろ」

「だっ……て、なんか……っ、これ、何されるか、分かん……っ、な……っ」

痛い？　こわい？　苦しい？　寒い？　どれだ？

「そうやって力入れてろ」

「……ま、って……みっ、ぁて……さ……っ……待、っ」

胸の前で縛られた両手で、ミタテの胸を叩く。びくともしない。押しても、動かない。

股の間に入ってくるミタテが重い。指先を立てて、腕か胸かどこかを引っ掻くけれど、皮膚が固くて、爪《つめ》のほうが負ける。

力を入れて抵抗すればするほど指が奥へ入り込み、息が詰まる。逃げる腰を掴んで引き寄せられ、それでも逃げると今度は頭を抱かれて、片腕でしっかりと懐に封じこまれる。

「……ンっ、う」

厚い胸板に顔を押しつけられて、息ができない。顔を背けると、唇がシャツに擦《こす》れて熱い。言葉の代わりに歯を立てると、歯のほうが痛くて、すぐに口が開く。

きつく目隠しをされているわけではないから、もがくうちに鼻もとまで手拭いがずり下がり、今度はそれが唇を塞《ふさ》ぎ、酸素を求めて、ミタテの腕のなかで首を仰《の》け反らせる。喉仏と、顎先《あごさき》が、目の前にあった。

トヨアキの頭を抱く腕は、後頭部に手の平があるのに指先が耳に触れるほど大きくて、骨が太く、がっしりと力強い。シャツ一枚越しの皮膚は熱く、目に見えて筋肉が動く。その筋や骨が動くと、ぽた、と顎先から汗が滴って、トヨアキの瞼《まぶた》に落ちる。

組み敷かれ、陰茎で犯すように指を抜き差しされる。そのたびにトヨアキの背中が引き攣れて、腹のなかの肉が強引に開かれる。内臓の位置が変わるような違和感と、増やされ続ける指の数に、逃げたほうがいいのでは？　と思う頃には、腰が抜けていた。

だらりと投げ出した、その力の抜けた重い足を軽々と持ち上げ、ゆるく弛緩《しかん》した穴を、節くれた指が出入りする。手の甲や余った指で、尻の肉や内腿まで撫で擦り、指が滑った拍子に抜けたかと思うと、縮こまった陰嚢《いんのう》や会陰をふにゅりと揉《も》みしだく。

ミタテは腕力に物を言わせたり、けっして無理強いしたりしないのに、どこか圧倒的で、絶対的で、有無を言わせぬ強引さがある。

「……っ、ふ、っぁ……っ、ぅ」

トヨアキのそこはやわらかな抵抗だけを残し、縦にそろえた指を三本も四本も呑んでいた。ねたつく腸壁を指で拡《ひろ》げられ、根元まで含まされると、下腹に力を籠めた途端、半勃ちの性器から、ぷちゅ、と射精に似た汁を飛ばす。

手指の一本で骨抜きにされ、肉が痺れて、筋肉はちっとも言うことを聞かない。ぬち、くぷ。空気を孕み、男の指を頬張って、内壁が蠕動《ぜんどう》する。視覚に訴えるその光景から目を逸らせず、上擦った息遣いで両目を見開き、ミタテに縋り、そうして、また、自分が男の腕のなかにいることをまざまざと思い知らされる。

「……み、たてさ……ちょっと、まって……」

「うるさい」

「なん、か、へん……」

「なか、攣るか？」

「ち、が……ぅ……おれ、なんでこんなことしてんの……っ」

なんで、知らない人とえっちしてるの。

こわい、こわいこわい、むり、やだ、こわい。

「や、っ……め……ゃめ、よ？　おれ、やめる、っ……やめたぃぃ……」

トヨアキにとって、一番身近な成人男性は、兄のヤスチカだ。

ミタテがこわい。ヤスチカとは圧倒的に異なる体格や腕力。知らない男の肌や熱。自分よりずっと体格の立派な男。同性なのに、まるで女と同じように抱かれている。

「これ、おかしいよね……？」

「すぐに終わらせてやる。余計なことは考えるな」

縮こまったトヨアキの陰茎の皮を伸ばし、手慰みにする。

「おれ、や、やめたぃ……やだ……」

「一生ここにいるよりマシだ」

「だ、って……だ、て、これ、っ……意味、ない」

好きな人とやんなきゃ、こういうのは意味ない。

意味もなく、男同士でこんなことするのは、おかしい。

「俺が間違ってたから……っ、やめよ？　やめて……欲しぃ……」

「安心しろ、ガキはできないようにしてやる」

「子供は、最初から、でき……な、ぃ」

「はっ」

「……な、なんで、笑うの」

なんで笑い飛ばすの。俺の言ってることのほうが正しいはずなのに、なんで、俺の言ってることが間違ってるみたいな態度で笑い飛ばせんの。

「ガキがガキ孕むってのは、犯罪だな」

骨も肉も体も……心もできあがっていないくせに、この薄ぺたい腹が膨れる様を想像したら、笑いも乾く。

「……本気で、言ってんの」

この島には、嫁の来手がなく、子供も少ない。

この島の人たちは、嫁と、子供が……欲しい。

この島の人たちは、鬼の角を持つ、天狗。

「天狗のガキはデカいからな。……まぁ、お前はわりとカラもデカいほうだから問題はないだろうが、腹は括っておけよ」

「……じょうだん……」

冗談で言ってたんじゃないのか。皆して真剣な顔をしていたから、悪いことを企《たくら》んでいるんだろうな……くらいには考えていたけど、ここの人たちは、本気で男に子供ができるとか、男を嫁にするとか、天狗だとか言っているのか……？

「……ぁ、ぁか、ちゃん……、できたらどうすんの……」

「いまさら……」

げんなりしたミタテは「もう子育ては充分だ」と独白混じりに嘆息する。

「っ、ひ……ぁ、ああ」

上擦った悲鳴が、意図せず漏れた。

指四本分の付け根の骨が、肉に埋まる。ミタテが、その隙間に親指の先端を引っかけて、左右に開く。風が腸壁をすぅすぅと通り抜け、身の竦むような空虚感。男を知らぬ場所を暴かれて、男を受け入れる為の器官にされて、大きく開かれたそこから、自然と排泄《はいせつ》物が落ちてくるような、恥ずかしくて、心もとない感覚。

「我慢だ」

「……ぁ、あっ……っあ……っ！」

嬌声《きょうせい》ではなく悲鳴。喉が引き攣り、舌の根が引っ張られて、息を呑むような悲鳴。行き場のない両腕が小刻みに震えて、胸元のシャツをぎゅうと握りしめた。強引に作られた空洞に、陰茎を埋められる。始まったばかりの苦痛のなかで、トヨアキは頭ごと体もすっぽりと抱かれ、ほんの少しの逃げも許されず、犯される。

「っご、ぇんなさぃい……っ」

「謝るな」

「ぇん、なさい……ご、めぁさいってばぁ……」

謝ったら許してくれる？　もう終わってくれる？

子供ができるのは困るし、好きな人以外とこういうことするのは間違ってると思うし、俺、馬鹿だから考えなしに手籠めにしてってお願いしちゃったけど、頼むからやめて。

「ひっ、ぅ……ぅ、ぁ、っあ、っ」

「ここまできて引き下がれるか」

「あやまるから、っ……も、やめよ、っ……？」

「これが終わったら、……そしたら、すぐにここから出してやるから」

ミタテは宥め賺して、唇を重ねて気を散らしてやりながら、腰を進める。

目隠しも外れて、恐怖に歪《ゆが》んだトヨアキの瞳がミタテを見つめている。縄にすり切れた手首で、子供みたいに縋りついてくる。

あぁ、ほら、だから……だめなのだ。こういう何も知らない子供が一番面倒なのだ。相性の善《よ》し悪《あ》し云々《うんぬん》の前に、手のかかる存在は厄介なのだ。

「…ごめんなさぃ……っ、めん、ぁ……さぃ、ぃ……？」

腹のなかの異物に耐えながら、にこりと笑い顔を作って、ご機嫌をとる。

「人の顔色を見るな」

「……だ、だって……こわいかお……するから、っぁ、あっ……！」

「こわくない」

「……なか、な、中出しは……やめて……」

「…………」

「ひ、ひっぱったら……っぁ、だめ……っ、抜くの、ぬっ、ひっ……ぃぅ」

ずるりと内臓ごと引っ張り出されるような、陰茎の動き。たった一度の往復で、腹のなかが作り替えられてしまったかのような異物感。痛いとか気持ちいいとかはなくて、眉間に皺を寄せるしかない。腹を串刺《くしざ》しにされると、萎えた陰茎からじゅわりと雫が滲《にじ》み、なかほどまで抜かれれば、背筋を震わせ、乾く暇もなく前を濡らす。

にち、くち……。うねる肉と腸液がオスの一物に絡み、息をするたびに後ろがきゅうと狭まる。肉を巻いた陰茎をぎりぎりまで抜かれ、肩で息をするのに合わせて酸素を吐き切った瞬間、ぐぶりと雁首《かりくび》が潜り込んでくる。

「……んぁ、あ」

しがみついて、ぶるりと身悶《みもだ》えた。

かち、かち……かた、かた……得体の知れない感覚に歯が鳴る。

頭の上で、ミタテが嘆息する。トヨアキの項《うなじ》に張りついた後ろ髪をくしゃりと搔き混ぜ、抱き寄せると、旋毛《つむじ》に唇を押し当て、すん、と鼻を鳴らす。

トヨアキの毛先を濡らす汗がミタテの肌に馴染み、次の汗の雫が、その表面に伝う。

「んっ、く」

すこし揺すると、鼻にかかった声が漏れた。

「こっちがいいか？」

萎えた陰茎を握りこみ、圧をかけて扱《しご》くと、トヨアキの体からすこし力が抜けた。

後ろよりこちらが気持ちいいのは、当然だろう。

「……も、うしろ、おわる？」

「もうすこし」

「がんばったら……ここから出られる？」

「出してやる」

「……ん、っ、……じゃ、ぁ、がんばる」

ふにゃりと力なく微笑み、早く終わるほうを選ぶ。

「その様子じゃ、終わるまで耐えれんだろ」

ミタテはなんとも言えぬ表情でひとつ息を吐き、トヨアキの腰を摑んで陰茎を引き抜くと、自らの手でそれを扱き始めた。

「……おれのなかで、しないの？」

「お前のなかはきついばかりで終わるに終われん」

馴染むのを待つくらいなら、手で追い立てたほうがましだ。

ミタテは己のそれを大きく膨れたものにしてから、再びトヨアキの腹へ戻す。

「ん……っ」

「早めに終わらせてやるから」

「……っン、ぁ」

ミタテの言った通り、おそらく、彼にしては早めに終わらせてくれた。

けっして性急な動きで犯されることはなく、丁寧に、ゆっくりと肉を捏ね回された。

トヨアキが、開いた股関節《こかんせつ》がぎしぎしと軋んで痛いと訴えた頃に「悪い、早めにだったな……」と謝られて、ようやく射精された。トヨアキは、内側で膨れる気味の悪い感触に眉根《まゆね》を寄せて、どくどくと脈打つのが収まるまで、じぃっと耐えた。

「顔上げろ」

「……ん、ぇぷ」

びちゃり。残滓《ざんし》を搾って、顔を汚される。

ごっそり根こそぎ体力を持っていかれたトヨアキは、それを拭う気力もない。ミタテは、中途半端なままのトヨアキの陰茎をもう一度抜いてくれたけれど、「も、やだ……出すのしんどい、出したくない」と駄々を捏ねて、それでまたミタテを困らせた。

「面倒でも出しとけ。……もう二度としないから」

「…………ぅー……」

俺だってこんなのもう二度としたくないよ、そう言いたいけれど喋《しゃべ》るのが億劫で、ミタテの手に委《ゆだ》ねた。しっとり濡れて、射精もどきは何度もしたのに、ちゃんとした最後は迎えられずにいたから、ミタテの手で射精まで導いてもらうと、すこし楽になった。

「上手に出せたな」

にゅち、にゅく。ミタテは、竿《さお》に残った精液を扱き出す。人差し指と親指で輪っかにして、とろとろと蜜《みつ》を零す雁首をぐるりと絞り、爪先で鈴口を弄《いじ》ったり、皮を剝《む》いたり、被《かぶ》せたり、飽きもせず、トヨアキのそこが反応を見せなくなっても弄り倒す。

「も……ちんちんで、遊ばないで……」

「すまん」

ようやく陰茎から手を放し、首元までずり下がった目隠しをミタテが解く。

トヨアキは、それに礼を言うのもままならず、がしがしと頭を掻くミタテの、そのなんとも言えぬ苛立《いらだ》ちのようなものを感じながら、怠さにかまけて、見て見ぬふりをした。

＊

ふわふわ、ふかふか。ぎゅうと顔を埋めるとふんわり沈み、力を抜くとやわらかく跳ね返り、またゆっくり静かに沈む。頰をすり寄せると、時々ちくんとするけれど、毛並みに沿って下へ下へ滑らせれば、すべすべのつやつや。表面はほんのり冷たくって、羽毛と羽毛の隙間に手を差し込むと、冷房のなかのお布団みたいにほんのりあったかい。

うぞうぞ、もぞもぞ。首に触れるそれがこそばゆくて、素足を撫ぜる絹のような感触はむず痒いのに気持ち良くって、思わず両脚の股の間に挟みこみ、ぐりぐりと押しつける。すると、羽毛の全体がぶるりと身震いして、トヨアキの体をやわらかく押し包んだ。

「……にーちゃん、パンは八枚切りにして……四枚切り、分厚いから食べにくい」

「四枚切りのほうが食いでがあるぞ」

「んー……じゃあ、四枚でいいよ」

いや、よくない。

うちのにぃちゃんは確かに四枚切りが好きだけど、こんなに声は低くない。

ばちっ、と両目を見開くと、至近距離にミタテがいた。

「起きたか」

トヨアキの髪をぐしゃりと掻き混ぜ、くぁ、と大欠伸をする。

「……羽、生えてる」

「天狗だからな」

黒鉄《くろがね》と、灰と、銀と、白の混ざった、鳶《とび》か鷹《たか》に似通った立派な羽。

上半身裸のミタテは、背中に翼を生やし、膝《ひざ》に抱いたトヨアキを包む。

ミタテの着ていたシャツは、いま、トヨアキが着ている。トヨアキ自身の下着やズボンは石牢の隅でくしゃくしゃになっていた。大きなシャツと素足に触れる上等の羽毛に埋もれたトヨアキは、足先で羽を抓《つま》んだり、太腿《ふともも》や脹脛《ふくらはぎ》の間に挟んで楽しむ。

「いやらしい触り方をするな」

「本物だぁ……」

「お前がちっとも信じていないようだから」

「とりにんげん……」

「気持ちの悪い言い方をするな」

「赤い鼻とか、風がぶわーってなる扇子とか、修行してる人の恰好じゃない」

「あれはそれぞれ種族が違う。うちは鞍馬《くらま》でも鴉《からす》でもないから、あの恰好をしない」

「天狗も種類があるんだ。……触っていい？」

さっきからもうずっとふかふかしているが、ミタテの膝上で方向転換する。

縄の解かれた両腕で正面から抱きつき、背中の付け根に触れると、肩甲骨の内側から背骨のあたりまでが、人間とは異なる骨格に隆起していた。皮膚と羽毛の間に継ぎ目があって、そこから太い骨が長く伸び、固くて芯《しん》のある骨が無数に通った羽が生えている。

「この島の人、皆こう？」

「あぁ。……お前、もう動けるか？」

「動けんじゃないかな？」

羽毛布団からは離れ難いけれど、ミタテの手を借りて立ち上がる。

マラソンが終わった後の足みたいになっていたが、ゆっくりなら歩けそうだ。

「右足、浮かせろ」

「ん……」

跪《ひざまず》くミタテの肩に手を置いて、片足立ちになる。下着とズボンを穿《は》かせてもらい、手早く身支度を整えられると、最後に跳ねた髪まで撫でつけられた。

「……手慣れてんね」

「子供に服を着せるのは慣れてる」

「ふぅん。……あ、みたてさん、もう手ぇ貸してくんなくて大丈夫だよ、一人で歩ける」

ミタテは「そうか」と応えたものの、ひょこひょこ歩きのトヨアキを見るなり、その尻をひょいと掬《すく》った。片腕でトヨアキを持ち上げ、その手を取り、肩に回させる。

「おぉお……」

ミタテの頭越しに背中を見やると、背中の骨が歪《いびつ》に変形して、地面に触れるほどの大きな翼の、その羽の一枚一枚が短くなり、小さくなり、消えた。

背中側にぐいと身を乗り出して、ぺちょぺちょ背中を叩く。

「乗り出すな、落ちるぞ」

ずり落ちそうなトヨアキを抱き直し、肩に乗せた尻をべちんと叩く。

「ひ、ゃっ……」

「……なんだ」

「腹んなか、ぞわってしたから……ケツ叩いたらだめ」

まるで、腹のなかにまだミタテがいるみたい。

「すまん」

「いいよぉ。こっから出してくれるし……それに、さっきからすっごい優しいし」

えっちしてる時は言葉数も少ないし、表情も変わらないし、淡々としていて怖かったし、こっちの言うことはなんにも聞いてくれなかったけど、ふかふかの布団になってくれたし、いまもこうして歩かないで済むようにしてくれる。

ちょっと戸惑うけど、この雰囲気は、トヨアキとヤスチカの両親に似ている。

ＤＶ被害者のハネムーン期みたいな気持ちだ。

両親は、離婚するまで、毎日、飽きもせずケンカして、夜には険悪になり、朝には見ているこっちが恥ずかしくなるくらい仲良くして、また夜にケンカする日々を送っていた。

そんな夫婦生活がわりと長く続いたから、いちいち反応するのも面倒になって、「あぁ、またやってるなぁ」くらいに思っていたら、父親が愛人を作って家を出ていき、母親が父親を追いかけたかと思ったら新しい恋人を作って戻ってきて、その彼女も家を出ていって、結局、二人ともそれぞれ別の家庭を築いた。

離婚する間際はすごくギスギスしていたのに、お互い、別々に住み始めたら驚くほど穏やかになって、それぞれの家庭で円満な生活を送るようになったし、都合上、トヨアキを介して両親が顔を合わせた時もびっくりするほど友好的に会話をしていた。

だから、たぶん、ミタテのこれもそんな感じだ。

こわいあとに、にこにこしてるのがくる。

両親の離婚後、トヨアキはヤスチカとの二人暮らしが始まったから、あまり気にしなかったし、両親ともほとんど接点がなくなったけれど、これぞ蜜月期、というやつだろう。

大人なんて皆おんなじようなもんだなぁ……。

でも、善い人かもしれないなぁ。

スイに殺されそうになった時も助けてくれたし、この人なら、ちゃんと説明してくれるかもしれないし、もしかしたら逃がしてくれるかもしれない。でも、この人が本物の天狗なら、きっと怒らせたら怖いから、怒らせないようにしないといけない。

「怖いか」

「……なんで分かんのぉ？」

「体が固くなった」

「すごいね、みたてさん、なんでも分かるんだ……」

「怖くないからな」

「またまたぁ」

「一度でも抱いたんだ。責任は持つ」

「……面倒臭がりなのに、面倒なことしてくれんだ？」

「あぁ」

「目隠し外れて残念だったねぇ」

「そうだな」

「情が移っちゃったね」

「ふはっ……」

こわい天狗が、鼻元に皺を寄せて笑った。

「俺、なんか面白いこと言った？」

「情が湧《わ》いたら、どうにも離れられんと思った」

胸の前にトヨアキを抱き直して、いつもの仏頂面でそう言った。

角のある天狗は情が深いんだ、と。

「……っ、お前……泣くなよ」

ずず、と鼻を啜《すす》るトヨアキに、ミタテがぎょっとする。

「ん、……泣いてないんだけどね？」

「兄貴にならすぐに会わせてやる」

「……ち、がうんだけどね。なんかね、情が湧いたら嬉しいなぁって思ったんだ」

情が湧いたら、離れていかない。

そう思ったら、ぐずぐずべそべそ鼻を啜っているのに、頬がゆるむ。

「だから子供は面倒なんだ。……すぐに泣くし、すぐに、笑う……」

「泣いてないってぇ。ぐずぐず言ってるだけだってぇ。……でも、ごめんねぇ？　俺、……我儘言って困らせないからさ？　ね？　怒んないでね？」

「間の抜けた顔で笑うな」

「……はぁい。あとさぁ、みたてさん。俺、えっちしちゃったけど……子供できないよね？　ちゃんと外出《そとだ》ししてくれた？」

「…………」

「えー……なんで黙ってんのぉ？　天狗って子供作れんでしょ？　俺、赤ちゃんできたら困るってぇ。ファミレスのバイトじゃ養えないしさぁ」

「兄貴のところへ着くまで黙ってろ。黙らなきゃここに置いていく」

ちゃんと外に出したし、ゴムもしているし、第一、なぜ、お前は一人で子育てする前提で話を進めるんだ。それを言うまいか逡巡していると、ちょっと怯《おび》えた表情で「ちゃんと否定して？」とミタテを拝む姿が妙に可愛らしくて、思わず苦笑が漏れた。

そうしたら、「笑ってんの？　怒ってんの？」とトヨアキが頰を抓《つね》ってくるから、この怖いもの知らずの子供に「次はどう抱いてやろうか考えている」と言ってやると、「次があるんだ……？」と本当に怯えた顔をして、唇を閉ざした。

「冗談だ」

「いじわるだ」

でも、ちゃんと返事をしてくれるし、優しくしてくれるし、ふわふわだし、情も持ってくれたから、ほんとは意地悪じゃない。トヨアキには、それだけで充分だった。

＊

斎隠島大天狗三隠坊ヶ一門也。

「……？」

どこの家の玄関先にも、そう認《したた》められた護符が掲げてある。

真っ白の和紙に、角のある鬼の顔をした、猫みたいな天狗の絵。その恐ろしい天狗の絵に重ねて、赤茶けた墨で、トヨアキには読めない漢字の羅列。その護符を門戸の軒先に挟みこむのではなく、鋭く太い幹羽軸《かんうじく》で射抜いて留めてある。

あの幹羽軸は鳥の羽根ではなく、天狗の羽根だ。ミタテのそれに似ている。トヨアキの右手は、親指から小指まで広げると二十三センチあるので、それと同じくらいの一枚羽だ。

「みたてさん、アレ、なんて書いてあるの？」

「いづぬしま、だいてんぐ、さんおんぼう、が、いちもん、なり。厄除けの護符だ」

「天狗も厄除けすんだぁ……」

「……まぁ、わざわざ鬼天狗の家に悪さする奴もいないけどな」

トヨアキを腕に抱いたミタテは、ざくざくと砂利道を進む。上半身裸のミタテと、ミタテの服を借りたトヨアキ。一歩進むたびに、トヨアキの裸足《はだし》が揺れた。泳いでいる時に脱げてしまったのか、靴はどこにも見当たらなかった。

時間は夕暮れ時。どこからともなしに夕飯の美味しそうな匂いが漂う。お蔭様《かげさま》で、外を歩く人はいなくて、誰にもこの恰好を見られずに済んだ。

洞穴を出ると、そこは、あの海に沈む神社のすぐ裏手だった。

干潮なのかして、社殿の全貌《ぜんぼう》が見てとれる。

「みたてさん、海のなかにある神社は、ずっと沈んだままなの？」

「あぁ、そうだな。海の上に建つ神社の底に、海に沈んだ神社がある。表と裏みたいな感じでな。点対称に建っている」

「泳いでしか行けないじゃん？」

「大切な場所だから、あそこにはスイしか入れない」

そんな会話をしながら山へ向けて坂道を上ると、平屋建てか二階建ての古民家が並び、またずっと進むと自然が増えてきて、奥まった一角に立派な門構えの日本家屋があった。

上がってきた坂道は、ちょうど、海と、神社と、山を繋いで一直線だ。

この日本家屋そのものは、正面から見て、少し右寄りに建っている。左には細い道が一本伸びていて、藪《やぶ》のなかに消えていた。その藪の奥にも建物があるようだが、鬱蒼と草木が生い茂っていてよく分からない。

斎隠島大天狗三隠坊心綻鬼神ヶ家中也。

このお屋敷の護符は、他の家と違った。

「み……」

「いづぬしま、だいてんぐ、さんおんぼう、しんたんきじん、が、かちゅう、なり」

トヨアキが尋ねる前にミタテが答えて、その門戸を潜《くぐ》った。

ミタテの右腕に尻を乗せて抱かれ、二メートルを超える目線にトヨアキの頭があっても
ぶつからない。堂々たる門構えだ。古く変色した檜皮《ひわだ》と黒茶の色味には風情があり、門戸
を通り抜けるだけで、古びた良い香りがする。

青々と樹木の茂る前庭を抜け、ミタテは鍵の開いた玄関戸を横に滑らせた。

「シンタ、邪魔するぞ」

「はいはーい、奥までどうぞー」

家の奥から返事があった。

ミタテは、段ボール箱や行李《こうり》の積み重なった廊下を我知り顔で突き進み、まっすぐ居間
まで行き当たる。

「いらっしゃい、適当にやってて」

シンタが台所から明るい顔を出した。

前髪を輪ゴムで括り、肩から商店街のタオルをかけている。

「トヨアキもいる」

「あ、トヨアキ君もいるんだ？　……ってことは、あそこから出たってことだね？」

「俺が出した。……ヤスチカに話があるそうだ」

「……やっぱりそうなったか。うん、じゃあ、チカちゃん呼んでくる。ごめんね、トヨアキ君、散らかってるけど楽にしててね。俺たち、こっちに引っ越してまだ間がなくてさ」

シンタは、「ちょっと待っててね」と言い置いて、縁側へ走った。

居間へ入るなり、ミタテは卓子の前にどかりと腰を下ろし、胡坐をかく。

何を思ったか当然のように、その膝にトヨアキを乗せた。

「一人で座れるってぇ」

もー、そんな子供扱いしないでよ。

ミタテの膝から下りて、隣に座る。そわそわ、落ち着かない。よそ様のおうちで慣れない正座をして、視線の行き場をなくし、きょろきょろと部屋を見渡す。

家のなかも、純和風だ。二十畳くらいの居間の中央に、座布団と立派な卓子。その卓子には、色違いの湯呑みと急須《きゅうす》、茶缶といったお茶道具の一式がある。

壁際には、梱包《こんぽう》から解いたばかりのテレビこそあったが、配線はまだだった。

引っ越したばかりと言っていたせいか、あまり物がない。

居間から中庭を臨むと、そこに、つっかけ姿のヤスチカとシンタが顔を見せた。

「とよ、よく来たなぁ」

ヤスチカは表へ回らず、直接、縁側から居間へ上がる。

「チカちゃん、気をつけて」

シンタは大きな図体を屈《かが》めて、ヤスチカの腰に手を添えている。

二人は当然のようにミタテとトヨアキの対面に腰かけ、お茶道具の載ったお盆を手前に引き寄せると、ヤスチカがお茶を淹れて、「お湯足りないよね？」とシンタが席を立った。

「にぃちゃん……何してんの」

「お茶淹れてる。お前、薄いほうがいいよな？」

「うん、薄いほうがいいけど……そうじゃなくて、俺、閉じこめられてたんだよ」

「大変だったなぁ。俺も、この島に来た時はあそこに入れられて大変だったんだよ。絶対に出してくれないし、この島の人間と混じるまで、風邪ひいたみたいに怠いしさ……」

お前はすぐに出してもらえてよかったね。

伏せて置いていた湯呑みを四つ、表に返す。

客用の湯呑みが二つと、色違いでそろいの湯呑みが二つ。

シンタが薬缶《やかん》に沸かしたお湯を急須に注ぎ、ヤスチカの隣に座り直す。「これ、着とけよ」と上半身裸のミタテに自分のシャツを差し出し、ミタテもそれを遠慮なく着こむ。

「にぃちゃん、俺、怒ってるよ」

トヨアキは頑張って、自分のなかで一番低い声を出した。

こんな騙《だま》すみたいな方法で連れてきて、弟を売りに出すみたいなやり方で差し出して、なんでこんなことしたの。

「だって、お前だけ向こうの世界に捨てて行けないだろ？」

「ちゃんと話してくれたら、俺だって……」

「信じたかもしれない？」

「分かんないけど……でも、にぃちゃんはいつも間違ったこと言わないから、ちゃんと、話は聞くと思う」

「そうか、うん……そうだな。お前、俺の言うことはちゃんと聞くもんな」

「うん。さっき、みたてさんに羽も見せてもらったから、信じる」

「じゃあ、話が早い。俺、腹んなかにシンタの子供がいるから」

「……っ、どっ、え……こ……っ、みた、て、っ……さん？」

お茶を注ぐヤスチカを見て、その隣で「大切なお兄さんを手籠めにしてすみません」と頭を下げるシンタを見て、隣で黙っているミタテを仰ぎ見た。

「そういうことだ」

ミタテはひとつ頷く。

「あのな、とよ、この島の天狗たちは子供が欲しいんだ。数が少なくなってきたから。彼らは、できる限り、絶えることは避けたい。その努力をしたい。俺はそれに協力した」

「だから、って……子供……うそだぁ……」

嘘《うそ》だと口先では言いながら、信じている自分がいる。

だって、ヤスチカは絶対にトヨアキに嘘をつかないから。

「幸いにも、俺はシンタとそういう仲になったし、シンタの子を孕んだし、シンタの子を産んであげたいと思っている。まぁ、利害の一致というか、恋仲をすっ飛ばして夫婦っていうか、然《しか》るべくしてこの胎に子供ができたんだ」

ヤスチカは、絶句する弟に淡々と懐妊報告をする。眦を下げて、己の薄い胎を撫でて、穏やかに微笑み、机の下では、シンタと手を繋いでいる。

「子供が生まれる前に……、腹が大きくなる前に、お前をこっちに呼びたかったんだ」

「…………」

「俺はこんな体だし、本当なら向こうへは戻れないんだけど……お前を外の世界に一人で置いとくわけにはいかないだろ？　だから、お前を迎えに行くっていう建前で、島の外へ出ることを許してもらったんだ」

「外に出れたなら、そのまま逃げちゃえばいいじゃん？　なんで律義に俺まで連れて戻ってんの？」

「島外では子供が産めない。いまはまだ膨らんでないけど、そのうち、ここにいる子供が育って大きくなる。それに、島にはシンタがいる」

愛してる人がここにいるから、俺は、ここに帰ってくるしかない。

「にぃちゃん、しっかりして……」

この島の人に騙されてるとか、変な薬を使われたとか、神様に惑わされたとかじゃないの？　これは神隠しで、催眠状態にあって、正常な判断ができないんじゃないの？

「俺は正常だ。ちゃんと自分で考えて、シンタと一緒に生きていくって決めたんだ」

「……とか言われても……」

そんな……、見たこともないような穏やかな表情で言われても、困る。

それじゃあ、まるでスイが言った通りじゃないか。

トヨアキは、大好きな兄に騙されて、裏切られて、人身御供のように差し出されて、神様に売られたようなもの。

「ごめんな」

ヤスチカはそう謝った口で、続けざまに「でも俺は幸せだから」と、ずっと幼い頃に見せたような、持ち前の自由気儘《きまま》な言葉を吐く。

「にぃちゃんは、俺がいやがるって思わなかったの」

「だって、これまで、にぃちゃんのやることに間違いはなかっただろ？」

商店

「……うん」

納得しちゃだめなのに、納得してしまう。

だって、本当にそうなのだ。ご飯の作り方も、お風呂の掃除の仕方も、貯金の仕方も、勉強の仕方も、旅行の計画も、親とのかかわり方も、ぜんぶ、兄に相談したやり方が一番正しかったのだ。自分がやるよりもずっと正しい方向で、簡単な手法で、手短に最良の結果を導き出すことができたのだ。

「でも、俺、まだ高校生だし、バイト先にも何も言ってないし、友達からも連絡あるし、アパートもそのままだし、にぃちゃんも仕事あるじゃんか。そういうの、どうするの」

「失踪《しっそう》」

「…………」

「この島は、この島の住民が出入りする分には問題ないけれど、島外の人間がこの島を見つけることはできない。だから、俺たちは兄弟そろって失踪したことになるかな」

「…………」

「珍しい、とよが怒った」

いつも笑い顔のトヨアキが、眉間に皺を寄せて、唇を噛んでいる。

当然だ。ヤスチカ自身は覚悟があって妊娠をして、好きな人と楽しく暮らせて幸せだが、トヨアキはなんの心構えもないままここに連れられてきて、こわい思いをして、ただ牢屋から出る為だけに好きじゃない男と交わる破目になったのだ。

「まぁ、順番が違うだけで、お前もここが気に入るはずだ。それに、ここにいれば、これからもずっとにぃちゃんと一緒に暮らせるんだ。いいことだろ？」

「よくない」

「二人の男のどちらか気に入ったほうを選べばいいんだよ。スイ君か、そこにいるミタテ君。相性のいいほうを……」

「……やだよ、そういうの……困る」

頼むから、勘弁して。

「選ばないと、どうでもいい男と番《つが》わされるよ」

「いつもの賢いにぃちゃんに戻って」

「こっちが本当の俺かなぁ……」

ヤスチカは眉を顰《ひそ》めて苦笑し、ちらりとシンタに目配せをして、悪戯《いたずら》っぽく微笑む。

兄が、トヨアキの知らない顔をして、トヨアキの知らない場所に新しい棲み家を見つけて、トヨアキの知らない男と家族みたいに振る舞って、幸せいっぱいの表情で、トヨアキの知らない幸せを摑んで……「もう、二人で暮らしたアパートには帰らない」と、言う。

「……っ、ぇ……っ、ぁ……ぇ」

ひゅ、と小さく息を吸う。

何か言おうとしたのに言葉にならなくて、でも、兄を傷つける言葉は浮かんでこなくて、なのに、いま、このどうしようもない感情を封じることもできず、拒絶反応というか、驚きというか、色んな感情がいっぱいになって、溢《あふ》れて……息ができない。

ただ座って兄と話をしていただけなのに、瞬きが多くなって、目頭がじんわり濡れて、視界が滲んで、ただ漠然と悲しい。

声を出したら、きっと、震えている。これ以上、兄の口から何かを聞かされたら、声が、我慢できなくなる。

喉の奥の、鎖骨の付け根がきゅうと絞め上げられたように切なくて、苦しくて、ひっ、ひっ……としゃくりあげて、吸ってばかりの息を吐けないまま、腹の底に溜《た》めこんだ感情で、震え声を出してしまう。

にぃちゃんが幸せそうにしているのに……泣いてしまう。

「話は終わりだな」

「……ぅ、ぇ……ぇえ……？」

腹に回った腕が、トヨアキの体をひょいと掬い上げた。

ミタテは、トヨアキの尻を腕に乗せ、その後ろ頭を自分の肩に強く押しつける。

お蔭で、いまにも零れそうな何かをヤスチカに見られずに済んだ。

「ミタテ君、まだ話が終わってない」

「大の大人が、孤立無援の子供を囲んでする話じゃないな」

大人が三人そろって寄って集《たか》って、たった一人の子供を説き伏せるもんじゃない。

「ミタテ、お前がトヨアキ君の面倒を見るのか？」

「当面は」

「スイはどうしてる？」

「駄々捏ねて、こいつ殺そうとした」

「俺が言えた義理じゃないけど……」

「アレの面倒も俺が見る」

背中越しのシンタの言葉に、ミタテはさも当然のように応えて居間を出た。

トヨアキは、ミタテの肩口に顔を埋めて、ずず……と鼻を啜る。しゃくりあげるのだけは我慢したけれど、ミタテがひとつ肩で息をして、トヨアキの背中をぽんと叩いてくれた。泣いてもいいと言われているようで、それだけで随分と救われた気がした。

＊

「頭そのままで口閉じて、しがみついてろ」

外へ出るなり、耳の奥がぞわりと震える声で、ミタテが囁く。

言われた通りにしていると、ぐ……と体の重心が下がり、ぐわりと持ち上がり、ジェットコースターに似た浮遊感とスピードが押し寄せ、体全体に満遍なく重力がかかった。

目を瞑《つむ》ったトヨアキは、視覚以外の感覚を研ぎ澄ます。がしゃっ、ざざ……、とんっ。木の葉擦れの音や、どこかに着地する音。時折、びょおと旋風《つむじかぜ》を吹かせ、青葉を木枯しのように巻き上げる。ぎし、と木の枝を軋ませ、ほんの刹那《せつな》、そこへ着地をする。そうしてそれをバネに、次の宿り木へ飛ぶ。その合間合間に、拍子木を打ち鳴らすカァンと澄んだ音色が響く。きっと、島中に響くような、そんな空まで抜ける高い音だ。

前髪がぶわりと浮いて、首根っこが抜けたように落ちて、恐怖で首を竦めると、ミタテの大きな手が後頭部を抱いてくれる。

その肩口の隙間から、そろりと片目だけで様子を窺うと、あの、羽が見えた。

黒鉄と、灰と、銀と、白の混ざった、上等のお布団みたいな天狗羽。

遙か下方に、さっきまでいたシンタとヤスチカの家。ぽつぽつと坂道の下に民家の灯り。夜の帳《とばり》が下りた海。灯台の照明。灯籠《とうろう》に鬼火が灯《とも》った朱塗りの社殿。

原生林の眠る真っ暗闇の山を、天狗が飛ぶ。

飛んだ軌跡が、彗星《すいせい》のように尾を引く。夜に走る車のテールランプよりも、もっとずっと長く、明るく、不思議な風合いで発光して、飛び跳ねた瞬間には強い光を、長く跳躍している間は細く揺らめく光を発し……流星の弧を闇夜に描く。

天狗だ。全身に風を巻いて、体重なんかちっとも感じないくらい木から木へと渡り、重力を物ともせず月を背負い、夜を闊歩《かっぽ》する。林から林へ、森から森へ、岩場を跳ね渡り、崖下《がけした》の滝を飛び越え、あっという間に高台まで到着する。

その頃にはもうヤスチカとの会話も忘れて、早送りしたように目まぐるしく移り変わる景色に見惚《みと》れていた。昼間は極彩色だった島が、藍《あい》色一色に染まった光景に、すっかり心を奪われていた。ぎゅうとミタテの背に腕を回して、羽搏《はばた》く時に肩甲骨が動くのを感じながら、一所懸命、その景色を見つめて、ぽかんと口を開けていた。

「ここが、この島で一番高い場所だ」

大きな岩石と岩石が支え合い、またそれらが隣り合う岩石に支えられてできた山頂の岩場。切り断った断崖の、その磐座《いわくら》の隙間を縫って、立派な松が根を張り、崖の下へ伸びている。まるで、天狗の腰かけ岩。ひと休みするのにちょうどだ。

ミタテは、奇怪な方向に曲がった松の先端に腰かけ、トヨアキを膝に乗せた。

足元は、剝き出しの岩肌や、原生林の先端が尖《とが》って見える不安定な場所だ。

「こわくなかったか？」

「うん。こわくなかった……」

ほぅ、と呆《ほう》けた息を吐く。

「存外、肝の据わった奴だな」

鳥の巣になったトヨアキの髪を整えて、ミタテが感心する。

「だって、みたてさんの腕、すげーがっちりしてたし、ちゃんとだっこしてくれてたし、落っこちても助けてくれるの分かってんもん」

「……そうか」

「うぇへへ」

あ、顔は怖いままだけど、ちょっと雰囲気がやわらかくなった。

うん、ミタテさんのこの表情を見られると、安心できる。こわくない。

「俺を見るんじゃなくて、向こうを見ろ」

「……ぉ、わぁ……」

ぐるりと頭を反対へ向けると、視界いっぱいに夜景が広がった。

一番遠くに、本土の灯りが宝石みたいにちらちら瞬いている。そこから手前へ近づくにつれ、夜の色をした海や、月明かりに照り返る波間が続く。ところどころ深い色をした海面は、貝や魚の養殖場で、もっと手前に視線を引けば、波の引いた砂地に大鳥居が佇む。

灯台の灯りがぐるりと巡ってくる時にだけ、それが朱色をしていると分かり、灯りがそっぽを向いてしまうと、また闇色になる。

ざぷ、とぷ……、島の海岸線に、穏やかな波が打ちつける。こんな山のてっぺんにいるのに、静かな音は、どこまでも届く。波が引いて、海上に佇む社殿は乾き始め、夜明け頃にはまたとっぷりと水底に呑みこまれる。どういった具合なのか、引き潮であっても、水底に沈んだままの社殿は地上に姿を現すことなく、その存在を隠したままだ。

イヅヌ島には、ぽつぽつと民家や漁船の灯りがあるだけで、街路灯はない。車の音も、夜中にたむろする学生の声もなく、鳥や虫の鳴く声が鼓膜をかすかに揺さぶるだけ。

海風と混じった山の風が、二人の腰かけた立派な枝ぶりを揺する。

頬を撫ぜる風は冷たく、夏のわりに肌寒い。山の上らしい気候だ。でも、ミタテと触れている背中があったかいし、誰もいない真っ暗闇は穏やかで、どこまでも静かで、永遠と続いて欲しいような想いに囚《とら》われて、いつまでもずっとこの景色を見つめていたくなる。

「寒いか」

「んーんー……」

じぃっと夜を見つめながら、心ここにあらずの声で応える。

ミタテは特に何を語りかけてくるわけでもなく、トヨアキの頭のてっぺんに顎を乗せ、腹に両腕を回すと、両翼でトヨアキを包みこみ、じぃっと同じ景色を見やる。

「あー……そっかぁ、ミタテさん寒い？　帰る？　気ぃつかなくてごめんねぇ」

トヨアキには初めての景色でも、ミタテは毎日見ている景色。

あんまり長居するのも退屈かもしれない。

「俺のことはいい」

「……っ」

すり、と猫が頬を寄せるように、ミタテの短い髪が首筋に触れる。

ぞり……と、耳や顎の付け根をくすぐるそれに、ぶるりと背筋が震えた。

「帰るか？」

「寒いからじゃなくて、くすぐったいの」

「お前、こそばがりだな。……もう一枚着るか？」

「それ脱いだら、みたてさんまた裸族じゃん」

「俺は寒くないからな」

「みたてさんの羽であったかいからもう充分だってぇ」

物言いはつっけんどんなのに、ずぅっとあれこれ気にかけてくる。その仕種や眼差《まなざ》しは仔猫《こねこ》を相手する鬼みたいで、面白い。トヨアキが一人でくすくす笑ってると、「泣かれるよりはいいか……」と、ぎゅうぎゅう抱きしめてくれる。

「寒い時は寒いと言え」

「……もー……大丈夫だって……ほんと、我慢できるくらいだし、寒くない」

「我慢してるんだろうが」

「我慢してでも見たい景色なんだって」

「お前は、あんまり自分のことを言わないな」

「そっかなぁ？　じゃあ次から言うね～」

「そうしてくれ。……ところでな、この山は、須斎の山と書いてスイセンと読む」

「……ふぅん。お花みたいだねぇ」

　突然始まった話に、トヨアキはふんふんと頷いて耳を傾ける。

「俺の家は、さっき上った坂道の、藪を越えた左寄りのところにある」

「真っ暗で見えない」

「昼間にまた連れてきてやる。……俺の家はウツノとサツノの中間だな。それと、お前が一人でサツノ側へ行くことはないだろうが、あちらの天狗には気をつけろよ」

「なんでぇ？」

「あっちもあっちで嫁奪《と》りに必死だ。ヤスチカのように、お前も………すまん」

「……あ、別にいいよ、大丈夫」

　やっと分かった。この人は、ただ景色を見せたかったわけじゃない。ヤスチカとシンタの家と、あの状況から連れ出してくれて、気分転換させてくれたんだ。お蔭で、いま、兄の名前を聞かされてもそんなに苦しくない。そりゃ、ちょっとはぐちゃぐちゃした感情が蘇《よみがえ》ってくるけれども、あの雰囲気を思い出しても泣きそうにならない。

　体の中心に大きな風がすいと通り抜けて、ぜんぶ洗い流されたみたいにさっぱりして、思い出すと悲しくなるはずなのに、「いまは考えなくていっか」と思える。

「にぃちゃん、ちょっと難しい顔してたよねぇ」

「……そうだな」

「俺、ちぃちゃい時からさぁ、なんでもゆっくりしてて、ちょっとぼんやりしてるところがあるって言われててさぁ……小中高のぜんぶの通知簿にも同じようなこと書かれてて、友達にも間が抜けてるとか、のんびりしてるとか、喋るとイメージと違うとかって言われんだけど……だめだね、……にぃちゃんに怒っちゃった……」

「あれは……本気で怒ってたのか」

「うん。俺、ちゃんと、怒ってるよ、ってにぃちゃんに言ってたじゃん?」

「言っては、いたが……」

口許《くちもと》がふにゃふにゃして、喋る口調も間延びして、雰囲気がおっとりしているから、とても怒ってるようには聞こえなかった。

見た目はどこにでもいる高校生で、上背もあって、百八十近くある。黒髪で、小ぎれいな造りをした顔《かんばせ》は女子に好かれそうなやわらかい雰囲気もあって、とっつきやすそう。人見知りもせずスイにも話しかけていたし、誰かと目が合えば、にへらと相好を崩す。

「お前、知らない大人についていくなよ……」

「それもよく言われる。……ふふ、っ……ほんと、みたてさんすげぇね」

「何がすごい」

「面倒がってんのに、ちゃんとお世話焼いてくれんだもん」

「………」

「情が湧いたら面倒に巻きこまれちゃったね」

大変だね。

でも、情が湧いてくれたお蔭で、俺、いま、一人じゃないよ。それに、そんなにへこんでもないよ。全部すっかり受け入れるっていうのは……ちょっとよく分かんない。けど、いま、寒くもないし、つらくもないよ。

「ありが、っ……ぅ、ん？」

振り返った瞬間、唇が触れた。

ぱちっ、と二人の視線が重なり、ぱちっ、と瞬きしてもまだ触れている。

かさついているのにやわらかい。

これは偶然か、それとも……ミタテは、トヨアキにキスしようとしたのだろうか。

温かいそれをぼんやり受けていると、ミタテの眦が下がって、細められた。

あ、笑った。

それを目で追いかけるうちに唇が離れていくのを感じて、名残惜し気に追いかける。

足元は宙ぶらりんのくせして、安定感のある膝の上で上半身を捻《ひね》り、ミタテの胸元に手をついて身を乗り出し、ふに、と唇を押しつける。

そしたら、次はちょっと深く唇が重なる。

後ろ頭を抱かれて、腰に腕が回って、顎先を持ち上げると、褒めるみたいに唇を甘噛みされる。行き場のない両腕をもぞりとさせて、シャツの裾《すそ》を摑む。

目を閉じるタイミングを逃して、視線のやり場に困る。

高い鼻筋と、くっきりした眉と、短い髪がかかるか、かからないかの位置に耳。閉じた瞼の向こうに真っ黒の瞳があって、あぁ、そっか、ミタテさんはもう目を閉じてるから、俺も、いつ目を閉じてもいいんだ……と思うと、素直に瞼を落とすことができた。

熱い息が漏れて、吐息の触れる感じがあの時に似ていて……そうだ、俺はこの人と体を繋げたんだ、なんて遅まきながら気づいて……、とんっ、と心臓が跳ねた。そうしたら、不自然なトヨアキを集中させるみたいにミタテの歯が小さな鼻を甘噛みした。

「みたてさん……」

「……うん？」

「おなかすいたぁ」

恥ずかし紛れにミタテの髪をぐしゃぐしゃ掻き混ぜて、くぅと鳴る腹に笑う。

そしたら、また、さっきの表情で、ミタテも笑ってくれる。

笑って終われるんだから、今日はいい日じゃないかな、って思った。

【2】

「朝だぁ……」

布団から顔だけを出して、障子越しの朝陽に目を細める。

しぱしぱする両目をごしごしして、もぞもぞ。また布団へ戻る。

昨日は、日付が変わってもずっと夜景を見続け、くしゃみをしたのを皮切りに、「俺、どこで寝たらいいかなぁ？　あの洞窟《どうくつ》はやだなぁ」とミタテに尋ねたら、さも当然のように「うちで寝起きするんだ」と、家へ連れ帰ってくれた。

ヤスチカとシンタのいる家には行きにくいし、洞窟もいやだから、ミタテの家に来られて本当によかったと思う。昨日は疲れていたのか、眠くて眠くて、うとうとしていたら、あっという間に深い眠りへ落ちていた。

ふかふかの布団にぐるぐる包《くる》まり、くぁぁ……と欠伸をして二度寝に入る。

昨夜、ここへ来た時は夜遅くて、どんな家か分からなかったけれど、障子の向こうに庭でもあるのかして、鳥が囀《さえず》り、さらさらと水の流れも聴こえ、夏の風に木々もさわめく。

自然の音以外、何も聞こえない。相変わらず、携帯電話も電波が立たないし、車やバイクの音もしないし、テレビの音も、生活音もない。

「起きてるか」

「寝てるぅ」

「起きてるな」

スパン！　と障子戸を引いて、ミタテがずかずかと部屋へ入ってくる。遠慮会釈なしに布団をひっぺがし、「ぇえ〜」と非難がましい声をあげるトヨアキを敷き布団に座らせた。

「具合はどうだ？」

「んー……ねむたいぃ」

「痛いところはあるか」

「……太腿と腰と……股とケツんとこ、ひりひりして、いたいぃ……」

「立てるか」

「んー……」

ぐずぐず言いながら両手を差し出すと、ひょいと体が浮いた。

トヨアキを畳に立たせ、腹までめくれたシャツを整え、ずり落ちたスウェットの裾を膝までまくってくれる。ミタテの服を貸りたせいか、腰回りと裾が余っていた。

「お前の服もそろえんとな」

ぼんやり眼《まなこ》のトヨアキの手を引き、部屋を出る。

中庭を右手に縁側を渡り、母屋まで来ると、途中で洗面所に寄って顔と歯を洗えと言われ、言われるがままに洗う。

「お前、顔洗うの下手だな……」

「うん、……ぅう、いたい……やさしく拭いて……」

ぼちょぼちょに濡れた顔や首や手をタオルでごしごし拭かれ、されるがままに突っ立っていると、また手を引かれる。

山の麓《ふもと》の日本家屋で、離れ付きの二階建て。家の中には現代的な電化製品がそろっていて、電線も引かれている。固定電話の傍には電話帳や、近所の店屋物屋のお品書き、連絡網一覧なんかも置いてあって、当たり前だけどすごく普通の生活感がそこにあった。

居間は和洋折衷。畳とフローリングが半分ずつ。フローリングに、ソファやテーブルといった洋物家具と壁掛けのテレビ。壁際のライティングデスクにはパソコン一式もある。

一段高くなった床の上が畳敷きで、壁の素材から天井、照明に至るまで和室の仕様だ。襖《ふすま》の間仕切りや衝立《ついたて》があり、応接間にあるような立派な螺鈿《らでん》の机と小簞笥《こだんす》があった。

「でっかい家だぁ……」

この居間だけで、トヨアキとヤスチカの住んでいたアパートいくつ分だろう。

ずり下がるスウェットを引き上げて、立ち尽くす。

台所でミタテが朝食の支度をしてくれている間、手持ち無沙汰《ぶさた》で、居間をうろつく。

正絹の張られた衝立の向こうに背の低いキャビネットがあって、そこに、写真が飾られていた。

四季折々の島の風景、祭事の記録写真、島の皆と撮った記念写真。今年の日付のものもあれば、時代がかった服装をして色褪せた写真もある。どれもこれも、カラー写真でも、白黒写真でも、朝陽や夕暮れが眩《まぶ》しく、波は穏やかで、海は透き通っている。空の青さも、空気の清々しさも写真越しに伝わってきて、誰も彼もが良い表情で映っていた。

「あー……スイちゃんだけ機嫌悪そう」

右にシンタ、左にミタテ、真ん中にスイがいて、その背後にミタテやシンタと同じくらい背が高くて無表情の男が映った写真。シンタ以外はあまり表情を出さないのかして、海辺でバーベキューをする楽しそうな写真なのに、仏頂面だ。

でも、生活が、そこにある。

普通の、まるで人間と同じような生活。

同じように笑って、同じように楽しんで、同じように……もしかしたら、時には苦しんで、悩んで、いがみ合って、それでも、こうやって支え合って、生きている。

「……？」

キャビネットの奥に、ひとつだけ伏せられた写真立てがあった。

可愛らしい陶製のそれに、白黒の人物写真《ポートレイト》。妙に古めかしい。大振袖を着た女性で、細面。美人だ。写真館で撮られたようで、洋風の椅子《いす》に腰かけている。髪を結い上げてリボンで結び、それでもなお肩まで髪を垂らす長さがあって、全体的にすらりと細い。眼差しが鋭く、一度でも睨まれたなら、もう逃げられないような、そんな深い瞳をしていて、たぶん、昔の女性にしてみれば背が高いほうではなかろうか。

「写真を見てたのか」

「……ひ、ゃ」

ひょいと肩越しに覗《のぞ》かれ、写真立てを取り落しそうになる。トヨアキの手からするりと落ちるそれをミタテが中空でキャッチして、昔からそこにある場所へ据え置いた。

「倒れてたか？」

「うん。……ごめん、勝手に触って」

「構わない」

「なんか古い写真いっぱいあるね」

「ここ百年くらいの分だから、そんなに古くはないな」

「充分古いよ、それ。……そのきれいな女の人も知り合い？　家族？」

「……まぁ、家族のようなもんだな。この島の全員が、一蓮托生《いちれんたくしょう》の一族だからな」

「ふぅん」

「メシだ。そこに座れ」

「はぁい」

キッチンカウンターのスツールに腰かけると、八枚切りのパンが二枚出てきた。

一枚目は軽く焼き目がついていて、バターは隅までたっぷり、重ねたベリージャムの重みで底が抜けそうなほど塗ってある。二枚目も同じ焼き加減だけどバターだけで、代わりに、たっぷりの野菜やチーズ、ベーコン、ハム、シュペックが添えられているから、これを好きなだけ乗せて食べろということだろう。

「お肉いっぱいだぁ……八枚切りだぁ……なんで俺の食べたいの知ってんの？」

「何が食いたいか訊《き》いたら、寝惚けながらお前がそう答えた」

バターやジャムの塗り方も、食べたいものも、焼き加減も、きっちり答えた。

「覚えてないやー……いただきまーす」

「コーヒーは？」

「牛乳七、コーヒー二、氷が一、砂糖が二杯。甘くしてね」

「……氷」

「あっついの飲めない。あ、でも、牛乳はあっためて？　そんで、ぬるくして」

もぐもぐ頬張って、台所に立つミタテの背中を見つめる。

ミタテは小首を傾げながら、トヨアキの言う通りの飲み物を作り始めた。

おっきな背中に、台所の小窓から差し込む朝陽がきらきらして、腕を使うたびにシャツ越しの肩甲骨が隆起する。ちょうど、あの骨や筋肉の動くあたりに羽が生えるのを想うと、触れたくなる。他にどんな変化があるんだろう？　と確かめたくなる。

「ほら、これでいいか？」

「……ん、イイ感じです」

差し出されたマグを受け取り、こっこっ、と飲み干す。

「それは美味《うま》いのか」

「昔から、こうやって飲んでるから」

これが一番美味しい気がする。

こうして、にぃちゃんが作ってくれたのが、一番美味しかったから。

「食い終わったら、ヤスチカのところへ……」

「にぃちゃんのとこ……行きたくない」

「そうか」

「俺、馬鹿だからさぁ……なに喋っていいか分かんない」

「お前は、馬鹿じゃない。自分のことを喋り慣れていないだけだ」

「…………」

「ちゃんと、思ったことを言葉にしてみろ。ゆっくり、思いつくまででいいから」

「ええ〜……え――……あ――……」

そういう難しいことを言われても、頭のなかのとっちらかった思考を言葉にできない。

「まず、ヤスチカのことはひとまず置いておけ。兄貴のことじゃなくて、お前のことを考えろ。いま、お前がやりたいことや、お前の感情で思いつく言葉はなんだ？」

「…………おれ、どうなるんだろ……」

この島から出してもらえるのだろうか。この島を出てしまうと、ヤスチカとはもう一生会えないのだろうか。もしそうなら、トヨアキは一人で生きていけるのだろうか。

「それから？」

「みたてさんは、俺を逃がしてくれる……？」

「難しいな」

「みたてさんは、俺の……優しい人なの？　恐い人なの？」

「ここにいる限りは面倒を見てやるが、味方ではない」

「……そっかぁ……」

「俺は、どう足掻《あが》いてもこの島の住民で、この島の天狗だ。この島のことを考えて行動するし、この島のことを外で喋られても困るし、この島に害悪を持ちこむなら……こ」

そこまで言いかけて、ミタテは自分もコーヒーを飲んだ。

「まぁ、いっかぁ……　考えんのやーめた！　にいちゃん公認で学校もサボれるし、ご飯も美味しいし、バイトの無断欠勤だけ気になるけど、海で泳げるし！」

この話は、やめだ。

このままだと、また、昨日の夜みたいな感じになる。

雰囲気も暗くなるし、ミタテの誘導尋問のせいか、楽しい話じゃないのにいっぱい喋ってしまう。後になって、「なんであんなこと他人に喋っちゃったんだろ、変なの。もう喋んないようにしよ」と、後悔でぐるぐるするから、やめだ。

自分のことをそうして語るのもガラじゃないし、冷静に観察されるのも落ち着かない。明るく、にこにこ笑ってるうちに終わるだろうから、のんびりすればいいや。

「でも、これだけは言わないとなんだけど、……俺、子供は……産みたくないかなぁ」

どちらかと言うと、絶対に産みたくない。

「…………」

「天狗も絶滅の危機？　……とかで困ってるかもだけど、だからって俺の意に反した行為はよくないと思うんだ。まぁ、そんなこと言いながら、俺、ミタテさんとあぁいうことしちゃったけど、別にみたてさんの子供を産むのには同意してないからね？　ちゃんと外出しお願いしたし、子宮ないし、一回きりのことだし……。それにさぁ、みたてさんも子供いらないんだよね？　子育てはしないし、嫁は要らんって言ってたじゃん？　……ねぇ、みたてさん、ちょっと、なんで黙ってんの、なんか言って」

「お前、それ、外で言うなよ」

「何を？」

「俺の子供を産まないってやつ」

「もし、言っちゃったらどうなんの？」

「島民の未婚男がほぼ全員お前に群がる」

「……っ、う、わぁ……」

ゾンビみたい。

「お前は俺の手付きだ。だから、大手を振って外を歩けるし、夜這いもこないし、暗がりに引きずりこまれることもない」

だが、もし、ミタテとトヨアキの間に子供をつくる意志がないと世間に発覚したら、その時は、泥沼だ。

「どうなっちゃうの？」

「昨日行った山に、ひとつ寺がある。あの松の木の張り出た、その崖下だ。そこに引っ張りこまれて、お前が孕むまで島民全員に輪姦《まわ》される」

「こわ……っ！　それ、犯罪だよっ⁉」

「地図にも載らない島に法律も警察もあると思うか？」

自警団や消防団こそあれども、それは島と島民を守る為のものであって、トヨアキを守る為のものではない。

「えぇ～……パソコンはあるのにぃ……？　すっごい閉鎖的だねぇ……」

「必要に合わせて、社会に溶けこめるようネット回線も引いてある」

「じゃあ、俺、それと携帯電話繋いで、警察に連絡するよ？」

「やってみろ。お前のしたことが分かった瞬間、そのケツが乾く暇もないと思え」

「……脅しだぁ」

過疎地こわい。

「言っておくが、この島は、完全に外界とのかかわりを遮断しているわけじゃないぞ。電気、ガス、水道が島内で賄えるというだけで、生活用品や必需品は外から仕入れている」

「プロパンガスじゃないっていうのがすごいよねぇ……」

家の前にでっかいガスの容器が置いてないだけで、近代的な香りがするというものだ。

「だから、わりとここの生活も悪くない」

「あー……そうやって俺をここにいさせようって魂胆だ」

優しい言葉を吐く天狗に惑わされるところだった。こわいこわい。

「……まぁ、時間だけは長くある。よく考えろ。俺は仕事に行ってくる」

「はぁい。……仕事してんだっ!?」

天狗って仕事するんだっ!?

「そこの神社の神主」

エプロンを外して、カウンターに置く。

「みたてさんがっ⁉」

「シンタとスイもそうだ。うちは神主をウツノから三人出して、山寺の守護にサツノから一人を出す」

そういうしきたりで、そういう仕組みで、そういう習わし。

「はぁ……神主……」

本性は角のある天狗で、本職は神主……。行者じゃないのが、不思議なところだ。トヨアキの知る天狗は、絵本にあるような山伏の恰好をした人だ。

「俺たちが生まれるずっと前から決まっていたことで、語り出すと長い話になる」

「長い話はいいやぁ。眠くなるし、難しいのよく分かんないし……どしたの？　仕事じゃないの？」

台所をぐるりと回ったミタテが、ご飯をぱくつくトヨアキの傍に立った。

「昼頃に戻ってくる。昼メシはその時に作ってやる。小腹が空いたら、適当に飲み食いしていい。家のなかにあるもの、何を使っても構わないが、離れの洋間には入るな。そこはスイが使ってる。それと、逃げるといった無駄なことはしないほうが賢明だ。島を散歩するなら、あまり山奥とサツノのほうへは行くな。港のほうも足場の悪いところがあるから気をつけろ。海はまだ時期が早い。一人で海へ入るな」

「……はぁい」

「よし」

パン屑《くず》のついたトヨアキの頬を指の腹で拭い、頷く。

出かける支度をするミタテの後ろをついて歩くと、「二度寝するなら、和室のほうが寝心地がいい」と居間の畳部屋にブランケットとクッションを置いてくれた。

「人をダメにする天狗だぁ……」

情が湧くと面倒だから……って言ってたのに、至れり尽くせり、面倒見が良い。

玄関先までミタテを見送りに立ち、靴を履く背中を眺める。

「帰りに、靴を買って……あぁ、一緒に買いに行くか。靴は履いてみんことには分からんからな」

「つっかけ借りとく」

「そうしろ。ちゃんと足を上げて歩けよ。躓《つまず》くからな。……それから、スイと顔を合わせても、もう殺されることはない。お前は俺の庇護《ひご》下にあるから、スイも滅多なことでは手出ししないはずだ。……とりあえずはそれくらいだ。何かあったら神社まで来い。道は分かるか？　分からないなら電話でもいい。番号は、電話帳の一番上の、イヅヌ神社受付か、その次の行の、俺の携帯電話の番号だ」

「うん。道が分かんなかったら誰かに聞くし、なんかあったら電話する」

「そうしてくれ。行ってくる」

「うん」

「いってらっしゃい」

靴を履いて立ち上がったミタテが、トヨアキにそう言った。

「……？」

「復唱」

「いってらっしゃい？」

「あぁ、いってきます」

トヨアキが手を振って見送ると、ミタテは満足げに頷き、シャツとズボンというゆるい恰好のまま出勤していった。

＊

初夏にもかかわらず、この島にはまだ涼けさがあって、庭に面した窓を開け放していると、山と海の混じった風がそよりと流れこみ、良い塩梅《あんばい》の体感温度にしてくれる。

近くに川でもあるのか、しゃらしゃらと水音がして、眠気を誘う。

和室でころころ転がりながらテレビを見ている間に転寝《うたたね》をして、いい匂いで目が醒めたら、ミタテが台所でオムライスを作っていた。神主の衣裳は着ておらず、朝と同じ恰好だ。

お昼休憩で帰ってきたらしい。

「オムライスだぁ……」

大好きなやつだぁ。

「ヤスチカに聞いた」

二人で食卓を囲んでいると、ミタテがそう言った。

『とよのことなんだけど、あの子は大体いつも三人前くらい食べるし、泣いてようが笑ってようがいつも同じだけ食べるんだけども、もし、落ちこんでいて食欲がなさそうだったら、鶏肉がたくさん入ったオムライスを作ってあげると絶対に食べるから』

心配したヤスチカが、ミタテの携帯電話にそう連絡してきた。

「……にぃちゃんはさ、これに、ハヤシライス？　ハヤシソース？　……とにかく、ハヤシライスのルーのとこかけたのが好きなんだよ」

にぃちゃんは、やっぱり優しい。でも、それよりも不思議なのは、トヨアキの携帯電話は圏外なのに、他の人の携帯電話は繋がるということ。

「この島の人間になって、神社でその携帯を祈禱《きとう》して、島内のＷｉ‐Ｆｉのパスワードを入れたら繋がるようになる」

「御祈禱はいらないから、パスワード教えて」

「この島の人間になったらな」

「でも、俺は誰のものにもならないよ？」

「島のなかで気に入った男でも捕まえろ」

ミタテはオムライスをかっこむと、朝食の食器と合わせてビルトインの食洗器に放りこみ、また仕事へ戻っていった。

再び一人になったトヨアキは、局数の少ないテレビをザッピングしたり、電波の入らない携帯電話をいじってみたり、キャビネットの写真やアルバム、新聞を眺め、電話横の出前のメニューを読み、庭に出て虫を捜し、庭木に水をやり、暇を潰《つぶ》した。

知らない人の家は落ち着かなくて、居間と庭だけで時間を潰すのも限界になり、夕暮れ時になってようやく散歩でもしようかと玄関に立った。

「……？」

鍵のかかっていない玄関戸の向こうに、影が映った。

細く、長く、伸びて、玄関の置き石や段差の部分で折れ曲がり、磨りガラスに滲む黒い影は、頭の両端に角が二本。悪魔みたいにぎゅるりと捻《ねじ》れて、上向きに尖って、影の持つ頭部よりもずっと大きい。その影が右へ顔を向けると、横顔の額にぽこんと小さな膨らみがあって、三つめの角が皮膚のなかに埋まっていた。

角のある天狗だ。

影が、にたりと口端を裂いて笑うと、剝き出しの牙《きば》がぞろりと覗く。

「………おにの、てんぐ」

べちょ、と尻餅をついた。足下から漂う冷気に、身の毛もよだつ。氷水に突き落とされ、二度と這い上がれないよう蓋《ふた》をされてあの海のなかに閉じこめられたような、感覚。

鍵をかけて、逃げて……逃げたほうがいい、逃げないと、入ってくる。

「なんだ、お前か」

がらりと戸を開けて、スイが入ってきた。

高校生が着るような学ランを着ていて、背中にリュックと右手には自転車の鍵だ。

「……っ、す、スイ、ちゃん……」

「あー……？　勝手にちゃん付けで呼ぶな」

玄関先で革靴を脱ぎ、家に上がるとトヨアキの脇《わき》をすり抜ける。

「こ、こわいのナシにしようよぉ……普通に入ってきてよぉ」

這いずりながらスイの背中を追いかけた。

「俺のに怯えてたら、ミタテのなんか見た時にはションベン漏らすぞ」

「えぇぇえ〜……みたてさんは怖くないってぇ」

「うっさい、その間抜けた喋り方すんな、あと、ついてくんな」

「スイちゃん、なんで詰襟なんか着てんの？」

「学校の制服」

「……がっこう？」

「サツノにある小中高ぜんぶ一緒の学校に通ってる」

「なんで？」

「十七歳だから」

「……………俺より一個下だぁ……」

スイの後ろをついて歩き、「えぇ～……このしっかりしてて大人っぽい子が俺より年下なの？」と己の頼りなさに自信を失くす。そんなトヨアキを尻目に、スイは勝手知ったる我が家のように屋敷へ押し入り、庭を左手に離れまで行くと、洋間へ入った。

「勝手に入っていいの？　スイちゃん」

「ここ、俺の部屋」

答えながら、洋箪笥の天板の上に手を伸ばす。そこへ置いていた空っぽのボストンを下ろし、クローゼットの衣類を詰めていく。それが終わると、タブレットやノートパソコン、当面の生活に必要な道具のみをまとめ、リュックの隙間にぎゅうぎゅう押しこんだ。

「そういえば、みたてさんがそんなこと言ってた。……俺の部屋ってことは、スイちゃんもここに住んでんだ？」

「昨日までな」

「……？」

「今日、出ていく」

「なんでぇ？」

「シンタとヤスチカもこないだまでここに住んでたけど、シンタはお前の兄貴と所帯持って出ていったし、ミタテもお前を連れこんだ」

「……？」

「俺も、出ていく」

「皆、ここに住んでたのに？」

「そう」

「皆、出ていっちゃうの？」

「そう。お前のせいで」

「………」

「お前、靴のサイズは？」

「二十八センチ」

「ほぼ同じだから、下駄箱に残ってる靴、ぜんぶお前にやる。部屋に残した服も好きに着ていい」

「わぁ、ありがとぉ。俺、なんも持ってないから助かる……あぁ、えぇ～でも、スイちゃん……待って、ちょっと待って」

大きな鞄《かばん》を抱えたスイは、敷居の前に立つトヨアキの肩を押しのけ、部屋を出ていく。

来た道を引き返すスイの後ろを追いかけると、居間に行き当たった。

スイは、壁際のコンセントにあった携帯電話の充電器をひとつ取る。その手の流れで、ばたん。コンセント近くのキャビネットに手を伸ばし、写真立てを倒した。

あの、女の人の写真だ。

伏せたその写真立てを、何を思ったのかスイは摑み直し、自分の目線とほぼ同じ高さから落とした。

「……っ！」

がしゃん！　陶器の割れる音に、トヨアキが首を竦める。

写真立ての角が触れた床板がへこみ、破片が散る。大振袖の女性の写真は、スイの足下へはらりと滑り落ちる。スイは、それをぐしゃりと踏みつけた。

「ス、スイちゃん……怪我《けが》するって」

スイの足裏で、陶器の欠片《かけら》が、ぱきっ、ぱしっ、と擦れ合う。

じゃり、ざり……床と足の間でそれを踏み合わせ、わざと粉々に砕く。写真の表面は、陶片で傷がつき、すり切れていく。スイは、ひとしきり満足のいくまで踏みつけたあと、うっすらと血の滲む足で、どかどか居間を歩き、冷蔵庫の前に立った。

「スイちゃん、足、怪我してる……靴下、真っ赤。お腹空いてんの？　みたてさんが、おやつ置いていってってくれてるから、それ食べよ？　スイちゃん、お腹空いてたらだめだって」

ぐちゃぐちゃの写真を拾い上げ、台所まで追いかける。

「馬鹿かお前」

「えぇ～～……心配してんだって」

「人の心配よりテメェの心配でもしてろよ」

冷蔵庫に貼《は》りつけてあるホワイトボードに、きゅっ、と文字を書きつける。

十八時。集会所で夕飯。参加必須。「ミタテにこれ伝えろ」とホワイトボード用のペンをトヨアキに投げつけ、両腕に荷物を抱え直し、玄関へ急いだ。

「なんでそんな急いでんの。ゆっくりしてきなよ。自分の家なんでしょ？　みたてさん、五時すぎには一回帰ってくるって言ってたしさぁ……一緒に暮らしてるなら、ちゃんと話したほうがいいって」

「そのミタテと鉢合わせると鬱陶《うっとう》しいから急いでんだろうが」

高校生にしては高価な腕時計で時間を確認して、舌を打つ。

もうすぐ、ミタテが帰ってくる時間だ。スイは、自転車の鍵を右手に確認して、革靴の踵《かかと》を潰して履くその足で玄関戸を横に開ける。

前庭から大きな門を潜り出ても、トヨアキがつっかけを履いて追いかけてくるから、それを邪険に追い払い、裏腿を蹴りつけた。

「痛い、痛いって……スイちゃん、なに？　何かある？　お札？」

「持ってろ」

「うぁ……っぷ」

ボストンとリュックの両方を放り投げられて、トヨアキは写真を持ったままの両手でそれを受け止めた。

トヨアキと同じ百八十に近い身長で、スイは、それよりもずっと背の高い門を見上げる。

斎角島大天狗三隠坊師前《すいぜん》鬼神《きじん》ヶ家中也。

斎角島大天狗三隠坊御楯《おんじゅん》鬼神《きじん》ヶ家中也。

門の高い位置に据え置かれた、御楯と師前の二枚の護符。

スイが、白く美しい手の平を翻すと、竜に似た小さな竜巻が舞い上がり、スイを高く跳躍させた。その風に乗って、スイは軽々と土から離れ、門と同じ高さに目線を持ち上げるなり、師前と書かれた護符を力任せに引き剝がした。

銀灰色に玉虫色の艶《つや》のある天狗羽が、ひらりと足元に落ちる。

スイがその羽ごと護符を踏みつけると、乾いた蛾《が》のように砕けて粉となり、霧散した。

その一連の動作は、さながら地に舞い降りた天女で、神様で、人ならざるもの。

「スイちゃん、きれいだねぇ」

「知ってる」

「知ってたかぁ」

「お前、殺されかけた相手によくそんな呑気なこと言ってられんな」

「うん。まぁ、なるようになるかな。……ほら、みたてさんも帰ってきたし。おかえんなさい、みたてさん」

「ただいま。……スイも、帰ってきたのか」

「出てくんだよ」

ミタテとは目も合わせず、トヨアキの腕から荷物をひったくる。

「出て、どこへ行く」

ミタテは、スイの自転車のブレーキを握りこむ。

「サツノのセツんち」

「…………よりにもよってか」

「アレなら俺に手ぇ出さねぇし、安心だろ？　それから集会所でメシだ、来いよ」

「またか？　……昨日もしただろう」

「アンタがそれに手ぇつけた祝いだってさ」

「…………」

「……だから、俺が出てく意味も分かるよなぁ？　お前らがべたべたしてる空間で暮らしてられるか、気持ち悪い……ってことだ」

「ここがお前の家だ」

「家族が誰もいない家にいても意味がない」

「俺がいる」

「他人の匂いがする家で暮らせるか。俺に戻ってきて欲しいならそいつ追い出せ」

「それはできない。これはもう俺の手付きだ」

「俺に戻ってきて欲しかったら、そいつ捨てて、俺のこと孕ませろ」

「スイ、それはできな……っ、ん……！」

「……う、わぁ」

美人が、男前の唇を奪った。

学生服を着た十七歳が、自分よりずっと体躯も立派な男の胸倉を鷲掴《わしづか》み、引き寄せ、「種をつけろ」とねだり、糸を引くような口づけをして、鼻を鳴らして得意気に嗤《わら》う。

「……うぁあ」

公衆の面前ですることじゃないってぇ……。

さっきまで険悪だったのに、なんでちゅーしてんのぉ？

トヨアキは、にじにじとすり寄るように、「だめだってぇ……」と、二人の間に割って入った。僅《わず》かながらトヨアキより目線の低いスイと、トヨアキよりずっと背の高いミタテの間に挟まる恰好で、二人のギスギスした雰囲気に右往左往する。

「どうする？　いますぐ寝てくれんなら、戻る」

「お前は俺の種が欲しいわけじゃない」

「さぁ、どうだか」

「駄々を捏ねるな。お前には、然るべき時期に、然るべき種を探して、然るべきオスを与えてやる。その時まで、自制しろ」

　俺はお前を抱きはしない。

「じゃあいい。セツの種で孕むから」

「……お前っ……それは、許されんだろうが」

「俺には禁欲させといて、アンタはそこの馬鹿とよろしくやってんのに、それはないだろ？」

「外で遊ぶ分には目を瞑ってやっているだろうが」

「だぁからぁ……あぁもういいや」

　スイの手が、トヨアキに伸びる。細く、白い、傷ひとつない手指の先が、おどろおどろしい灰色の鬼の爪を象《かたど》り、すい、とトヨアキの喉を裂く。

「……っ！」

痛い、と思うより先に、ミタテに庇《かば》われていた。

鎌鼬《かまいたち》に斬《き》られたように、ミタテの肘から手首までが裂け、赤い肉が覗く。

「ほら、俺じゃなくてそっちを守る」

「当たり前だ。これは人間だぞ」

ミタテは、腕のなかのトヨアキをきつく抱きしめた。

「人間だからって理由で、甘やかして、守って、檻《おり》から出す為だけに抱いたのか？　俺の時よりずっと行動が早いな」

「………」

「ふん」

何も言い返さないミタテの足を蹴りつけ、自転車を押して、坂道をくだっていく。

さっきまでミタテが押さえていたブレーキハンドルは、もう誰もそれを押さえていない。

トヨアキを守る為に、ミタテが手放した。

つまりはそういうことだ。

いままで、なんでも許してくれていたミタテが、どんな我儘も許容してくれていたミタテが、同じようにしてくれていたシンタが、スイ以外をその腕に抱きしめた。

選んだ。

「……み、みたてさん……」

スイの背を見つめ続けるミタテに、トヨアキが恐る恐る声をかける。

「なんだ？」

「……腕、大丈夫？　……あと、スイちゃん追いかけたほうがよくない？　あれ、あんまよくないよ。ケンカ別れみたいになっちゃってるしさ、そういう別れ方したら、後が長引くし、次に顔とか合わせにくいしさ……どうしよ？　みたてさんが行くの気まずいなら、俺、追っかけてこようか？」

「……トヨアキ」

「ごめんね？　俺がよそ様の家のこと引っ掻き回しちゃったみたいでさ、……俺、そういうのよくないと思うんだ。他人のことでケンカすんのは、ほんと、だめだ。……あれ？　怪我、治ってる……ミタテさん、怪我、治っちゃってるよ、すげぇ」

「トヨ、トヨアキ」

「雰囲気悪くして、ごめんねぇ？」

俯《うつむ》いて、ミタテの腕を撫でながら自分の足先を見つめる。

ミタテの呼びかけに返事をせず、一方的に喋って間を持たせ、居たたまれなさを隠す。

「前を向け、お前が謝ることじゃない」

「うん。でも……スイちゃん、すごいさみしそうな顔して荷造りしてたからさぁ……たぶん、俺が悪いと思うんだ。」

荷造りしてる時も、居間で写真を踏みつけた時も、ずっと、奥歯を噛みしめたみたいな顔して、眉間に皺を寄せて、さみしいの我慢してる顔してたから……。

「だから、スイちゃんとこ行ってあげたほうがいいって」

ぐしゃぐしゃの写真を、ミタテに差し出す。

ミタテはその写真を受け取りはしたが、スイを追いかけはしなかった。

かといって、込み入った関係を何ひとつとしてトヨアキに説明するわけでもなかった。

つまりはそういうこと。

トヨアキは、ここでも部外者なのだ。

＊

「お前は怪我してないか？」

写真立ての破片を片づけながら、ミタテが問うた。

「……うん」

裸足の指先を、もぞりとさせる。ミタテが新聞紙に包んだ写真立てをゴミ箱へ捨てる傍で片足立ちになり、足の裏を確認する。ちぃちゃな欠片が、指と指の隙間に刺さっていた。

それを抓んで、ぴ、と抜く。丸くぷくんと血の浮くそこを、指の腹で擦った。

「みたてさん、こっちにも落ちてた」

「あぁ、すまん。掃除機かけるから、そっちには行くなよ」

「はぁい」

カウンターに置かれた白黒写真は、ミタテがきれいに伸ばしていた。

大事そうに、大きな手で、懐かしむような仕種で。

たぶん、きっと、ミタテにとって大事な人なんだろう。

その写真を見つめる横顔は、シンタがヤスチカを見るような、ミタテがスイを叱《しか》るような、そんな大事なものを見守る表情をしていたから、きっと、大事なものだろう。

掃除機をかけるミタテの為に、衝立や机を動かす手伝いをして、それから、スイに言われた伝言をやっと思い出して、慌てて伝えた。

片付けを終え、ホワイトボードに書かれた時間より少し遅れて、二人で家を出た。

「寒いから着ていけ」

ミタテの上着を着せられて、ミタテに手を引かれて、神社までの道のりを歩く。

あんなことがあったせいか、あまり会話はなくて、ミタテがゆっくり歩くのに合わせていつもより永く感じる時間を過ごした。

夜の藍色と混じって、輪郭が曖昧《あいまい》な朱塗りの社殿。その神社に付随する集会所で、ご馳走が待ち構えていた。初日に、島民が宴会をしていた、あの海を臨む大座敷だ。

大勢に囲まれてお夕飯……という名目の、トヨアキがミタテのお手付きになったことの祝いの会。この島には隠し事なんてないんだな……と、トヨアキは思った。

一人が知っていることは、皆が知っている。トヨアキの両親が離婚した次の日には、もう近所の人が全員知っていたような……そんなのと同じものを感じた。

「先走りすぎだ。トヨアキが混乱してるだろうが」

「まぁそう言わずに、いずれはそうなることなのだから、祝い事は祝えるうちが花だ」

「俺は、スイが独り立ちするまでそのつもりはない。独り立ちしたとしても、一生涯、嫁をもらうつもりはない」

ミタテはそうして怒っているけれど、島民たちは聞く耳を持たない。トヨアキは、大人ばかりの雰囲気に馴染めず、席へ着いて早々、息抜きがてら手洗いに立った。

「トヨ君……？　トヨアキ君じゃない？」

洗面所近くの裏口から、シンタが顔を覗かせた。

遅れて来たのかして、右手に一升瓶を包んだ風呂敷を二本ほど抱いている。

「こんばんは」

「……こんばんはぁ」

にこりと笑顔で挨拶《あいさつ》されて、ぺこんと頭を下げる。下げたまま、踵《きびす》を返そうとした、その背を「ちょっと待ってて、五分だけ」と呼び止められ、トヨアキは立ち止まった。

シンタは、「すぐ戻るから」と大急ぎで集会所の奥へ走り、一升瓶だけを大座敷に置いて、集まった人たちに挨拶を済ませると、またトヨアキのもとへ戻ってきた。

「ごめんごめん、お待たせ。……いま、ちょっとだけ話していい？」

「……うん」

はい、と明朗な返事ができず、かといって断ることもできず、シンタに手招かれるまま裏口を出る。

兄を孕ませた男。兄と所帯を持った男。兄の家族になる男。

そんな男と、一体、何を話せばいいのだろう。せめて、この場に兄がいてくれればすこしは間も保《も》つかもしれないが、これは、友達やバイト先の人と話すのとは、訳が違う。

何を話すつもりだろう？　いずれは話をしなくてはいけないと思うが、いまは覚悟も決まらないし、何を話すにしても恐いし、今度はどんな爆弾発言を聞かされるのかとビクビクしてしまう。……あまり話したくないなぁ……と、思ってしまう。

「そんな身構えないで、取って喰いやしないよ？」

「そういうつもりじゃないんですけど……あの、にぃちゃんは……？」

「チカちゃ……ヤスチカなら、家で休んでる。今日はちょっと怠いらしくてさ。あぁ、元気だよ？　大丈夫。安心して……でも、俺も、顔見せだけ済んだら、家に戻るよ」

「あの……チカちゃんでいいですよ。家で、そう呼んでるみたいだし」

「うん。……じゃあ、ごめんね、そう呼ぶ。ずっとそう呼んできたからさ」

「ずっと……」

「まぁ、まだ出会って二週間か三週間……それくらいなんだけどね」

「………」

二週間や三週間の交際期間で兄を落として、孕ませたのか……。

すごいな、この人。あの、しっかり者の兄を、どうやって籠絡《ろうらく》したのか。

「ほら、チカちゃんて頑張り屋だけど、ちょっと抜けてるところあるし、甘え下手だからさ……そういうの見てらんなくって、俺が支えてあげられたらな……って」

「にぃちゃんって、そういう感じなんですか」

「うん。愛情いっぱい欲しがるしね。家族も欲しいって言ってた」

「……家族が、欲しいんですか」

なんか、信じられない。トヨアキの知る兄とは全然違うから。

そうか、兄の家族は、自分じゃないのか……。

「いままでずっと頑張り続けて、がむしゃらに突っ走って、いっつも誰かの為に気を配ってて……、人懐っこいのに、自分を顧みないところなんかが、すごく健気《けなげ》で……休憩の仕方が分からない感じ」

自分一人じゃ、息抜きができない感じ。

かと思えば、突拍子もないことをしてシンタを驚かせてくれる。そういう時の表情はとても魅力的で、愛らしくて、活き活きとしていた。出会った時の、生きる為だけに必死な感じが抜けると、とっても可愛らしくて、愛《いと》しいと思った。

「だからってわけじゃないし、すぐに納得のいくものでもないと思う。俺のことを赦《ゆる》して欲しいなんて言わないけど、チカちゃんとは話をしてあげて欲しい」

大事な大事な、この世に二人きりの兄弟だから。

「……うちの家族のこと、知ってんですか」

「うん。聞いた。……だから余計に仲違《なかたが》いはして欲しくないな。チカちゃんはここで暮すって言ってるし、そうするしかない。トヨ君がどうするかは、俺が口出しすることじゃないけど、ここにいる間は、チカちゃんに顔を見せてあげて。……気にしてるから」

シンタがヤスチカを語る言葉は、泉のように溢れる。

トヨアキは、聞けば聞くほどどういう態度を取っていいか分からなくなるけれど、いま、ヤスチカが幸せなのを思い知った。

だってシンタが兄を語る横顔がとっても優しいから。

「うちの親は、お互いのことを喋る時、すっげぇ怖い顔してたんですよ」

「それは初耳」

「にぃちゃんは、その頃にはもう家を出てたんで……」

「だからって言ったらなんですけど、シンタさんとにぃちゃんが、あの家で、二人並んで座って、にこにこしてて、二人とも幸せそうで……っていうのを見て、驚いたんですよ」

トヨアキは、裏口の石垣に腰かけ、ぼんやりと月を見上げる。

親が二人そろって並んで仲良く座る場面なんか、物心ついた時から一度も見たことがなかった。だから、シンタとヤスチカの、あの仲睦《なかむつ》まじい雰囲気を思い出すと、もう何も言えなくなった。

兄という存在が、トヨアキの知らない幸せを得たことに、言葉が見つからないのだ。

「驚かせてごめんね」

「シンタさんが謝ることじゃないですよ。たぶん、俺が子供なだけで、大人の考えてることが理解できないだけなんで……」

にぃちゃんが選んだことに間違いはないから。にぃちゃんはいつも正しいから。

たぶん、俺が間違ってるだけ。

「こんなだから、スイちゃんも怒らせちゃったし……」

「ミタテから連絡もらった。簡単に話は聞いてるけど、それも、トヨ君のせいじゃないよ」

「はぁ……でも、なんか、引っ掻き回しちゃったみたいで……」

「そっか」

トヨアキには、彼らを取り巻く関係がよく分からなくて、全容を把握できなくて、ちっとも状況が理解できないのに、まるで当事者のような立場でかかわりを持つことになって、置いてけぼり。解消のしようがない居心地の悪さだけが残る。

「スイには親がいなくて、俺とミタテがあの家で育てたようなもんだから……。ちょっと甘えたで子供っぽいところがあるんだ。……まぁ、実際まだ子供なんだけどね」

「シンタさんがにぃちゃんと、け……結婚、して、家を出て……ミタテさんが、俺と、その……そういうことになっちゃったら、そりゃ、スイちゃんは居場所がないですよ」

「ご尤《もっと》もだ。もうちょっとスイのことにも目を配るよ……っと、ごめん」

シンタの携帯電話が鳴った。ＳＮＳのメッセージで、ヤスチカから「おなかすいた」と送られてきたらしい。

「チカちゃんがお腹空いたって言うから、帰ってなんか作るわ。……最近、つわりっぽいから、食べ物の趣味が変わったみたいなんだよね。宴会料理は脂っこいしさ」

「にぃちゃんは、砂糖が多めの胡瓜《きゅうり》と干しエビの酢の物が好きです」

「そうなんだ？　助かる。……チカちゃん、あんまり食に興味ないみたいでさぁ、好きなものを訊いてもなんでもいいしか言ってくれなくて、そのくせ、あんまり食べてくれないから困ってたんだ。ありがとう、トヨ君」

「どういたしまして……あの、シンタさん」

シンタの背に、声をかける。

「うん？　どしたの？　……あ、一緒に来る？」

「いや、いいです。でも、あの……」

「うん」

「兄のこと、よろしくおねがいします」

「はい。大事にします」

シンタは、ぺこんと頭を下げるトヨアキよりずっと深く頭を下げて、トヨアキが頭を上げてから自分もやっと頭を上げて、そうして、ヤスチカのもとへ走って帰っていった。

あぁ、この人は本当に兄を大事にしてるんだ……。

ヤスチカがとても愛されているのが伝わってきて、シンタに対しては良い印象ばかりが強くなって、ヤスチカに対して取った自分の行動がとても悪いことのような気がした。

それでも、兄をとられたような気持ちは拭えず、複雑な感情のまま、結局、シンタを責めることもできず、言いたいことも思いつかず、頭のなかはぐちゃぐちゃ。

ぐちゃぐちゃのまま、あの二人が喜びそうな言葉を言ってしまった。

たぶん、それは本心じゃない。心からのお祝いじゃない。だって、本当なら妊娠を聞いた時点で、諸手《もろて》を挙げて大喜びして「おめでとう！」って言ってあげるのが本当だから。

バイト先のファミレスで一緒に働いてる人に赤ちゃんができた時は、「すげー！　赤ちゃんだ！　おめでとう‼　体大事にしてね、元気な赤ちゃん産んでね、えぇっと、それから、えっと……すげーねぇ、赤ちゃんいるんだねぇ」と、心底おめでたいと思ったから。

「ありがとう、元気な子を産むよ！」と言ってくれたその人の笑顔がとっても幸せで、赤ちゃんを見せに来てくれた時は優しいお母さんの顔をしていて、「もー全然寝てくれないの！」なんて言いながらも、もっと幸せな顔をしていて、見ているこっちが幸せな気持ちになって「おめでとう、おめでとう」って何回も言ってしまったから。

なのに、トヨアキは、同じような状況の兄に、そんな気持ちで、そんな前向きな明るい言葉を、一度も言えなかったから……ちゃんとお祝いできなかったから……。

「おれ、わるいこだぁ……」

石垣に腰かけたまま、項垂れる。

あぁ、やだなぁ……ここ……帰りたいなぁ……。

知らない人ばっかりだし、知らないことばっかりだし、同年代の子は一人もいないし、テレビも楽しくないし、バイト先とか学校の友達と全然連絡とれないし、元の世界が全て何もかも最高ってわけじゃないけど、少なくともここよりは自由が多い。どっちの世界にも居場所も家族もないなら、せめてこの身に馴染んだ世界のほうがいい。

「なぁ、ウツノの集会はまだやってるか？」

真っ暗闇から、男に声をかけられた。

ざり、と砂利道を踏みしめ、トヨアキに近づいてくる。

「はい、やってますよ」

トヨアキは顔を上げて応えた。

「トヨアキって奴、お前だよな？　島で見かけない顔だし」

「うん、俺ですけど……」

「スイ様、ここにいました」

男が背後を仰ぎ見る。雲間が晴れて月明かりが照らすと、その額に一本角が見えた。

「スイちゃん？」

ぱちっと瞬きをすると、その角は見えなくなり、代わりに、見覚えのある影が砂利道にくっきりと落ちた。

「その呼び方やめろっつってんだろ」

男のずっと後ろに、スイがいた。

友達とは言い難い雰囲気の連中と連れ立っていて、あまり印象がよくない。ぞろりと何人もそろっているし、田舎のヤンキー……と言うには、皆ガタイがよすぎる。

「アレの腹を膨らませたなら、スイ様は褒美をくださると仰《おっしゃ》いましたが……」

「スイ様、ご命令通り、アレを孕ませればよろしいのですね？」

「スイ様、見事アレに種をつけた暁には、どうかスイ様のお髪《ぐし》の一本を頂戴《ちょうだい》したく……」

立派な体軀をした男たちが、一人の美しい鬼天狗にへりくだる。

皆、誰しもが、スイの為に働くことに喜びを見い出し、スイの為に媚《こ》びを売り、スイの為に功績を立てようと血気逸《はや》り、スイの関心を得ようと躍起になり、スイの為に死なんばかりの勢いだ。まるで、スイを中心とした宗教みたい。

「……スイちゃん、俺、そういうのよくないと思う……こっちおいで？」

なんか、その大人の人たち、こわいよ。

スイちゃんの体をべたべた触ってるし、スイちゃんのことを変な目で見てるし、スイちゃんにお伺いを立てるフリしてスイちゃんの匂いとか嗅《か》いでるし、たぶん、勃起してるし、皆、スイちゃんよりガタイいいし、力なんか絶対に敵《かな》わないし、雰囲気が淫靡《いんび》だし、襲われそうだよ……ただでさえ、スイちゃんは存在するだけでやらしいんだから。

「スイちゃん、なんでケツとか揉まれてんのに普通にしてんの……やめなって」

「いま、お前が俺で想像したこと、ぜんぶお前に返ってくるって思え」

「……スイ様、あまりの無体は」

唯一、スイに苦言を呈した男は、間髪を入れずスイに殴られた。

写真に写っていた、無表情の男だ。ミタテと同じくらいの上背があって、彼らのなかで一番鍛えられている。スイに殴られてもビクともせず、表情ひとつ変えない。

しかも、ミタテと同じくらい男前。

他の男たちが欲にまみれた目でスイを見るのに対して、この男だけはスイをそんな目で見ていない。本当に、スイの為になることだけを行い、スイに尽くす。

まるで奴隷。

スイは、見返りを求めない奴隷には見向きもせず、性行為を匂わせる仕種で手近な男を引き寄せ、「上手にできたら、俺の穴でちんこ使わせてやる」とあからさまに煽る。

「……でも、殺すなよ、孕ませろ」

スイのその言葉で、ようやっとトヨアキは自分のほうが危ないのだと気づいた。

自分がそういう目で見られているのだと気づいた。

いやらしいことをされるのも、男たちがスイに向けるはずの欲をぶつけるのも、こわい大人の男の手で触れられるのも、犯されるのも………自分だ。

スイの心配をしている場合ではない。

逃げよう、逃げたほうがいい、逃げるべきだ、逃げたい。

なのに、足が竦んで動けない。大人の男に囲まれ、腕を掴まれ、暗がりへ引きずりこまれる。もつれる足で踏み留《とど》まり、抵抗すると、地面に押さえつけられ、大きな手で口を封じられ、べたべた、べたべた、触られる。

「えー……なん、か、違うってぇ……やめようよ。にいちゃんたち、天狗なんでしょ？なんでこんな下っ端みたいなことしてんの……」

せっかく、きれいな羽があって、ガタイも良くて、そろいもそろって顔も良くて、数の少ない天狗なんだから、もっと自分に誇りを持って生きようよ。こんな犯罪みたいなことしてちゃだめだって。

「なんだ？　こいつ……もうちょっと恐がるとかしろよ……」

「なんか、こいつの間抜けた声聞いてると……萎えるな」

「にぃちゃんたちさぁ、俺とヤってもいいことないよ？」

「スイ様とできないから、お前で発散するんだろうが」

「そうなんだぁ？　じゃあ、頑張ってスイちゃんに告白しなよ。こういうのは、好きな人とやるのがいいって」

「俺らは、基本的に気に入った奴を外界から攫ってきて番《つがい》にするからな」

「島のなかでどうこうならないからなぁ……」

「目の前に外腹があるなら、種をつけたくなるのが本能というやつで……」

「……って考えると、スイ様はお可哀想《かわいそう》だよな」

「なんでスイちゃん可哀想なの？」

「あのお方は、一生、この島から出られないんだよ」

「…………わぁ、たいへんだぁ……」

「だから、俺らも、あの方の我儘はできるだけ叶《かな》えて差し上げたいというのが本音でな。

お前に恨みはないが、諦めて股を開くのが賢明だと思うぞ」

「……っ、い」

強い力で腰骨を摑まれた。下着ごとズボンをずり下げられ、股関節を限界まで開かされる。背後から男の膝に抱え上げられ、前からは別の男が大きな図体を割りこませる。

「ちょっと間、我慢してりゃ終わるよ」

「これだけいれば、どれかの種で当たるだろ」

「当たった種の奴と番うことになるから、お前も、気に入った男がいたら盛大にねだれよ」

「さもなくば、どうでもいい男と一生を添い遂げることになるぞ」

「まぁ、お前にしてみれば、どの男のガキを孕んでも同じか」

どうせ、このなかにお前の想い人はいないのだから。

「……や、だっ……って……やめよ？　さっきまで普通に話してたのに、なんでっ、そんなことできんの……俺、のこと、好きじゃないのに……なんでできんの？」

子供ができるんだよ？　夫婦になるんだよ？　一生一緒なんだよ？

なんで好きでもない人とそんなことできんの？

「一緒に暮らしてくうちに情も湧く」

「まあ、湧かずとも、産めるだけ産ませりゃいいんだ」

「……ゃ、だ……ゃだって……言ってんじゃんか……！」

「ミタテ様とも初顔合わせの日にヤったんだろ？　なら、俺らともできるよなぁ？」

「ちがう、ってぇ……みたて、さっ……は、そういうんじゃなくてぇ……」

そういうのじゃなくて、なんなんだろう？

よく分かんないけど、ミタテは最初から情が湧く前提で話をしてくれた。情が湧いて、面倒を見る覚悟の上で、あの檻から出す為にそうしてくれただけで、こんなふうに他人の我儘を聞き届ける為にトヨアキを犯したりはしなかった。

彼らとミタテとの行為に差異はない。することは同じだ。でも、これだけは確かだ。この人たちとは、したくない。ミタテは、ヤスチカから妊娠を聞かされて混乱するトヨアキを、何も言わずに察してあの場から連れ出してくれた。あの雰囲気から逃がしてくれた。トヨアキの為にきれいな景色を見せてくれて、たくさん気にかけてくれた。

だから、トヨアキは、ミタテがいい。

「……っみ、……たて……っさ……じゃな、ぃ、と……い、やだ……っ」

「こいつ、なんか、気味悪いな」

「笑ってるからだろ」

「あぁ、そうだ。いやがってんのに、口許が笑ってんだ」

泣きそうな顔で、困ったふうに眉を顰めて、それでも笑ってるからだ。

感情が、上手に表情に乗せられていないのだ。

「怯えてるってことだろうが」

ミタテが、トヨアキに圧《の》しかかる男の襟首を摑み、引き倒す。

「……みたてさぁん」

「情けない声を出す前に、大声のひとつでも張れ」

応えながら、トヨアキに群がる男を、二人、三人、あっという間に圧す。

誰よりも軽々とした身のこなしで、鬼のような腕力の男をより強い力で捻《ね》じ伏せ、蹴倒し、黒い影の角を大きく見せて威嚇《いかく》する男を、視線だけで制す。

「サツノの天狗、誰に角を見せているつもりか」

そうして威圧して、服従させる。

この上、角だけでは飽き足らず、羽を見せ、本性を顕《あら》わにし、五行を駆使して歯向かうならば、蹴散らすぞ。一本角が、二本角に敵うと自惚《うぬぼ》れているのか。

「こっちはスイ様の命令だ」

「ではスイに伝えろ。あまり我儘が過ぎると折檻《せっかん》だ、とな」

視界の範囲内にいるスイに言い聞かせるように、声を低くする。

「もういい」

スイの言葉を受けるなり、男たちは矛先を収め、逃げ帰った。彼らの身のこなしも実に軽快で、ミタテには及ばないが、それでも立派な天狗の影が闇間に溶ける。

「すまん、うちの若いのが愚かなことをした」

座りこむトヨアキを助け起こし、ミタテが頭を下げる。

「……かっこいい」

「トヨアキ？」

「みたてさん、かぁっこいいねぇ……」

「そうか」

「でも、あの……こわいから……笑って？」

眉間に皺寄せて、恐い顔して、大きな声はやめてね。

俺、頬《ほ》っぺたが引き攣って笑っちゃったまま、動けない。

心臓どきどきして、胸がきゅうきゅうして、訳が分かんない。

＊

ミタテの家へ連れ帰られ、シャワーを借りた。

烏《からす》の行水で出ると、ミタテのシャツとスウェットを着て、膝までたくし上げる。あちこちに打ち身があったけれど、そんなに痛くはなかった。

コップに水をもらいながら、ミタテの話を聞いた。トヨアキは、これからもこの家で暮らせると決まったらしい。他にも、他の天狗は手出し無用だとか、排他的な扱いは行わないとか……集会所でそういう取り決めがなされたと教えられた。

「あー……びろびろだぁ。これ、スイちゃんからもらったやつなのに……」

居間の床に座りこみ、引っ張られた服を広げる。

「服より怪我だろうが」

「それね～……まぁ、大丈夫だよ」

強く摑まれた箇所が指の形で痣《あざ》になっていたが、殴られたわけでもなし、数日で消える程度だ。

「うちの天狗がすまなかった」

「ミタテさんが謝ることじゃないってぇ」

「だが、天狗の統率は俺の職分だ」

「みたてさんが？」

「俺は天狗の統率、シンタは調和、スイが支配。……セツが、スイの傍にいたあの男が、従属。三天狗とセツが、この島の全ての鬼天狗を統括している」

「ふぅん。……あ、だから、三人は皆から様付けで呼ばれてんだ」

「そうだ。……トヨアキ、お前、足のその怪我は？」

「あー……あれだ、ほら、写真立てのやつ踏んじゃった時のだ。シャワー浴びて傷口開いたのかな？　でも、もう血ぃ出てないよ？　固まってる」

足の裏を確認すると、小さな裂け目にうっすらと血の滲んだ痕《あと》があった。

「どうして言わない」

「言うほどのもんじゃないってぇ。俺も忘れてたくらいなんだからさぁ」

「言え」

「はぁい」

「……絶対に言わないだろ？　……いい、次からは俺が気づく」

お前の体に傷のひとつもつかぬように、傷ついたなら、お前が申告するより先に気づいて、お前が気づくより先に察知して、お前のぜんぶ俺が面倒見てやる。

「ミタテさんって苦労性だね」

「いいから、食え」

居間のローテーブルにミタテが料理皿を置いた。

冷蔵庫のありあわせで作った料理だろうけれど、甘辛く炒《いた》めた牛挽き肉と半熟の目玉焼き、トマトとレタス。それらが、あったかいご飯と一緒に丼に盛りつけられている。炊き立ての白飯の匂いと相まって、ごくんと喉が鳴った。

「……ごはん、宴会のとこにいっぱいあったよ？」

「お前、大人数で食事するのは苦手だろ」

トヨアキの隣に胡坐をかき、ミタテも丼鉢と箸を持つ。

「学校で、友達とはな。座敷では、ほとんど食ってなかった」

「学校で友達と食べてるよ？」

「そうなんだ？　遠慮してねぇんだけどね？　いただきます」

お箸が苦手なトヨアキにはスプーン。それを手にして、ミタテの隣でぱくつく。

あ、ほんとだ。俺、おなかすいてる。あんまり食べてなかったみたいだ。賑《にぎ》やかな雰囲気に呑まれてたくさん食べたような気がしていただけで、胃のなかはすかすかだ。ひと口、ふた口、ご飯が喉を通って胃の腑《ふ》へ落ちると、きゅうと収縮して、痛い。

「落ち着いて食え」

「……ん」

スプーンを咥《くわ》えて頬張って、もぐもぐと咀嚼《そしゃく》して頷く。

ミタテさんはすごいなぁ。にぃちゃんみたい。なんでもよく気がついて、よく分かってくれて、料理も上手で、色んなことに気を回してくれて……すごい。

ひと口食べるだけで、幸せになれる。おなかがあったかくなると元気になった気がするし、にこにこできる。ぱくぱく、もぐもぐ。たくさん食べるだけで、ミタテが満足そうな顔して、嬉しそうにしてくれるから、もっとたくさん食べられる。

「お前、家でどんな生活だった」

「えー……、……えぇっと……学校行って、学食でご飯食べて、時々、友達とかバイトの子と遊んで、ファミレスのバイトがある日は賄い食べさせてもらって、バイトがない日は、コンビニとかスーパーで買って、それ食べながら家で宿題して……あ、でも、にぃちゃんがいる日は、にぃちゃんが作ってくれたかな」

「ヤスチカはほとんど出張だと聞いているが」

「お仕事、忙しいからね」

でも、学校に行かせてもらえるのも、屋根の下で寝起きできるのも、呑気に学生やってられるのも、働かずにバイトで自分の小遣いを稼ぐ程度で済む生活をさせてもらえるのも、ぜんぶ、にぃちゃんのお蔭だから、さみしくないよ。

「でも、なんか……改めて考えるとさ、こうやってみたてさんとご飯食べてるほうがいいかなぁ。……なんかさ、知らない人がたくさんのところは疲れるかなぁ？　皆がこっちを見て、皆が俺に食べろ食べろって言って、色んなこといっぱい訊いてきて……っていうのは、……疲れるかもしれない……」

そこまで考えて、ぽろりと零した自分の言葉に困ったふうに笑い、「ごめん、ちがう、そんなことないよ？　学校だといつも友達いっぱいと食べてたし、にぃちゃんは仕事頑張ってくれてるし、さっきのところのご飯も美味しかったし」と言い直した。

「悪かったな、気を回してやれなくて」

「あー……えぇ～……んー……、っと、……なんかさぁ、みたてさんさぁ……俺のこと、あんまり可哀想な子にしてくれなくていいよ？」

「どういう意味だ」

「俺、そんなに可哀想じゃないしさぁ、ご飯も一人で食べられるし、怪我しても大丈夫かそうじゃないかの判断くらいできるし……いや、確かにケンカ弱いし馬鹿だけどさぁ、もう十八歳だしさぁ……そんなに気ぃ回してくんなくていいよ」

「急にどうした」

「…………とにかく、なんでも……っ、大丈夫なんだって」

スプーンを握りしめて、それからミタテににこりと笑う。なのに、ミタテはじっと真剣な眼差しで見つめてくるから、居心地が悪く、すぐに目線を下げた。

「トヨアキ、こっちを向け」

ミタテは箸を置き、トヨアキに向き直る。それでも俯いたままのトヨアキの頬を押し包み、顎先を持ち上げ、膝頭も鼻先も触れ合うような距離まで詰め寄った。

「情が湧いた」

ミタテの唇が大切な言葉を象る。

「…………」

「情が湧いて面倒を見ると決めた」

「……う、うん」

「気にかけて何が悪い」

俺は俺のやりたいようにやる。鬱陶しかろうが、迷惑だろうが、お前の為になら心配もするし、気も回すし、優しくだってするし、なんだってする。

「…………いや……いい、そういうの……いいよぉ、やめてって、いい……いいから」

こっち、じっと見つめないで。

やだって言ってんのに、なんで、抱きしめんの。

「ヤスチカは、逆だった」

ここへ来た時のヤスチカは、いつもさみしくて、いつも心細げで、いつもカリカリしていた。

彼にとっては窮屈な暮らしも、弟の為になら辛抱できた。頼られることに喜びを見い出しつつも、支えるばかりの立場でいることに疲れて、色んな感情をひた隠しにして、次第に自分のなかでそれが重荷になっていることに気づかないフリをしていた。

そんな生活だからこそ、逆に色んな人とかかわって、少しでも自由を得ようとして、少しでも色んなところへ行きたいと願った。ヤスチカは、自分がさみしいから、食事も大人数で食べたがり、人がたくさんいるところへ好んで向かい、人恋しさを埋めていた。

けれども、そうして自分が仕事へ逃げた分だけ、トヨアキにさみしい思いをさせていると悩んでもいた。

「それに気づいたのはシンタだ」

「…………うん」

「シンタは、ヤスチカがさみしいと思う暇さえないような家庭を作るそうだ」

兄のヤスチカは、この島で他人とかかわることでさみしさを埋められて、弟のトヨアキは他人とかかわることが苦手だと知った。ヤスチカはこの島で暮らすことで幸せを覚え、トヨアキはこの島で暮らすことには不幸せを覚えた。

「俺、ここが苦手なんじゃなくてさぁ……なんていうかさぁ……苦手って、うん……あー……えっと、上手に言えないんだけど、みたてさんのことは嫌いじゃないんだよぉ？」

抱きしめられたその肩口に、頬をすり寄せる。

この人のことは嫌いじゃない。ただ、それ以外の全てが受け入れられないだけ。

でも、兄にはここが必要。

やっぱり、シンタとヤスチカのことを受け入れられない自分が悪い気がする。でも、その考えを口に出すと、本当に自分が悪い子のような気がして……もっとだめ。

「やっぱり、にぃちゃんって、俺のせいでいっぱい我慢してたんだねぇ……」

やりたいこともやれないで、したいこともしないで、弟の面倒を見てきた。

「ヤスチカが決めたことだ」

トヨアキと一緒に暮らす幸せと、暮らさない幸せなら、一緒に暮らすほうが幸せだとヤスチカは言っていた。

顔を合わせれば、大声で言い争う両親。物を投げ、時には取っ組み合い、家具や壁が壊れたままの環境で、風呂場に閉じ籠《こも》り、耳を塞ぎ、夕飯代わりに一人でスナック菓子を食べているような、そんな場所にはトヨアキを置いていられない。

自分は早くに家を出たから、そんなひどい状況になってるなんてちっとも知らなかった。本当は、ちょっと気づいていたけれど、知らないフリをして、自由を謳歌《おうか》していた。

自分はもう大人だから逃げられたけど、幼いトヨアキはどこにも行けず、ずっと、そこにいた。

なのに、半年や一年ぶりにヤスチカと会うと、「にぃちゃん、にぃちゃん」とふにゃふにゃの顔で笑いかけてくれるのだ。一度も親のことを相談したりせず、「相変わらずケンカしてるよぉ。元気だよねぇ」と笑っていたのだ。

この上、ヤスチカがシンタと島で暮らすとなると、トヨアキはまた独りになる。

両親にはそれぞれ新しい家庭があって、新しい子供がいる。

「俺が置いていったら、トヨアキはまた一人になるから、絶対に連れてくる」

恨まれてもいい、怒られてもいい、嫌いになられてもいい。

でも、傍に置いておかないと、トヨアキはきっと「自分は兄にまで捨てられた」と思ってしまう。自分は誰にも情をかけてもらえない子なのだと、思ってしまう。

「それは避けたいと、ヤスチカが言っていた」

「じゃあ、余計に俺が悪い子だぁ……ずっと俺が、俺のせいで、っ……足手まといで……じゃあ、俺はやっぱりちゃんとおめでとうって言ってあげないと……」

ほっぺたが、あつい。目玉の表面がいつもより濡れている感じがして、部屋の灯りがちかちか眩しい。涙は流れないのに、視界は熱を帯び、ミタテの輪郭が歪む。

「……俺、明日、にぃちゃんとシンタさんに謝って、おめでとうって言ってくる」

「行くな」

「えぇ〜〜……なんでぇ？　俺、ちゃん、っ……と、言える……よ？」

「いい子になる必要はない」

「……っ」

「遠慮もしなくていい。何を思ってもいい。……怒ってもいいし、恨んでもいいし、嫌いになってもいいんだ。いやなことはいやだと言って構わないし、まだ受け入れられないならそう言えばいい。整理がつかないなら整理がつくまでゆっくり考えればいい」

「ぅ、ん……っ」

「大丈夫なフリをしなくていいんだ」

怪我をして痛いなら「痛い」と言って、「痛いの痛いの飛んでけして」とねだればいい。大勢の大人がいる場所が苦手なら、「俺、もう帰りたい」とミタテの袖を引けばいい。

「襲われたことをなかったことにしなくていい」

「……ぁ、っ……ぁあ、あの、さ……みたてさん」

「あぁ」

「し、知らない……っ、お、ぉとなの……っ、ひと、いっぱい……こわい顔でのしかかってくるの……こわかったかなぁ……?」

よく分かんないんだけど、こわかったのかなぁ?

「怖かったんだ」

「……ぅ、っン……ごぁ、か……ったぁ……」

こわかった。

強く摑まれたところや、砂利で擦り傷のできた背中はずっと痛いし、本気でそんなことをしようとする人たちの存在に戸惑ったし、思い出しても胃のあたりが冷たくなるし、大きな人に圧しかかられて、逃げられなくて、触られたところが気持ち悪くて、こわかった。

「こ、わ……っ、かったぁ……っ」

堰《せき》を切ったように、涙が溢れた。びぇぇ、と赤ん坊みたいな大声で泣いた。お腹が空いている時は元気な声も出せなかったのに、ご飯を食べたら大きな声を出せた。

「メシはもうやめとくか？」

「もうぜんぶ食べちゃったぁ……」

「そうか」

ぽんぽん、としゃくりあげるトヨアキの背を撫でて、ミタテが小さく笑う。

「……なら、寝ろ」

「はみがきぃ……」

「磨いてやるから」

「……っみ、だて……さっ……も、寝る？　いっしょ？　寝る？」

「………」

「ひど、っり、で……寝るの……ゃだぁ……」

「分かった。一緒に寝てやるから」

「えっちなこと、したら、だめだよ……おれ、っ……えっちなことしたら、怒るからねぇ」

「……分かった」

生殺しだ。

「あのね……俺ね……、みたてさんは、俺の背がでっかくても……、俺が喋ってるの、聞いても……、もっとしっかりしろって言わないから……、す……」

「す……？」

続きはなんだ？　と問うと、トヨアキは、ミタテにべったりと張りついて、しくしく、めそめそ。泣きながら欠伸をして、ふにゃふにゃしている。

あぁ、これはもう寝るな。すんすん鼻を鳴らし、よじよじと膝に登ってミタテの胸に体重を乗せ、子供の体温で抱きつき、熱っぽい吐息で首筋にすり寄り、くぁ、とまた欠伸を漏らして、「えっちなことは、だめ」と舌っ足らずに甘える。

ミタテは、トヨアキの腰に回したい両腕を中空で留め、嘆息した。

これは生殺し以外の何物でもない、と。

＊

トヨアキが客間を借りていたのは初日だけで、いまはミタテの部屋で寝起きしている。

毎日、同衾《どうきん》しているのに、ミタテは手を出してこない。まるで普通の家族みたいに接してくれる。トヨアキにとってもそれがいいはずなのに、時々、ミタテと一緒にいると……つん、と胸の奥が切なくなる。

それがおかしなことに、ミタテがいなくても、ミタテの部屋にいるだけで、そうなる。

ミタテの部屋は和室で、物が少ない。でも、いい匂いがする。

ミタテの。

畳や、木造の梁《はり》や、欄間の匂いに、海と山のそれが混じって、そこに、ミタテの生活する匂いもあって、ここにいると欠伸が漏れて、ごろごろしているうちに微睡《まどろ》んでしまう。布団を干す時、洗濯物を集めている時、上着に触れた時、その匂いを感じると、心臓と胃の間の、実体のない器官がきゅうとなって、人差し指の先まで、じんと痺れる。

家にいると、どこでもそんな感じになって、みたてさん、早く帰ってこないかなぁ……と時計を見ては溜め息をつき、胸の奥につっかえた何かが燻り続け、消えてくれない。

「いってきまぁす」

誰もいない家のなかに声をかけて、トヨアキは散歩に出た。

帰ってくるまで待てないなら、自分から会いに行けばいい。

島に慣れるまでは、極力、ミタテと行動を共にしていたが、もう買い物にも一人で行けるし、島の人とも顔見知りになったし、サツノの若い連中に絡まれても逃げられるし、そういう時に助けてもらえるようにもなった。

もう何度も上り下りした坂をくだり、神社までの道のりを歩く。

森のような木立を背に、洞穴のある岩場を右手に見て砂利道を進み、集会所を抜けて、神社まで辿り着くと、海に臨む社殿をぐるりと迂回《うかい》して、本殿の様子を窺う。

出入りする人の影はない。

立ち入り禁止なのかな？　入っていいかな？　だめかな？　働いてるミタテさんが見れ

るかな？　邪魔になるかな？　恐る恐る奥を覗きこむと、そこに、神様がいた。

昼間の神社に、角のある天狗神が、三柱いた。

海上に張り出た回廊を、音もなく、すいと滑るように歩き、九の字に曲がる回廊で姿が見えなくなり、また見えたと思ったらすこし遠くに現れて、また見えなくなる。それを何度か繰り返すと、いま、見えているのか、見えていないのか、この眼は正しくこの世を見つめているのか分からなくなり、何度も何度も瞬きをして、立ち尽くす。

瞬きのたびに、腕が羽に見えたり、頭に角が見えたり、尻尾《しっぽ》が見えたり、鬼に似た横顔に牙が見えたり、脚に猛禽類《もうきんるい》の爪が見えたり、正体が定まらず、それらを見極めようとすればするほどあやふやになり、その頃にはもうトヨアキは一歩も動けなくなっていた。

角のある天狗神が寄り合って、話をしている。

昼間に夢を見ているようで、薄膜を一枚隔てた向こうの世界と繋がったようで、会話が聞こえるわけでもないけれど、鬼面の天狗様が話をしているのだと分かる。

「……社会の資料集の……平安時代の、束帯《そくたい》？　……かり、狩衣《かりぎぬ》……斎服《さいふく》……衣冠《いかん》……」

うろ覚えの単語が、喋るともなしに口をついて出る。

三人とも、昔の人の恰好をしていた。銀鼠《ぎんねず》色の衣裳のスイ。鉄紺色のシンタ。鉄黒色のミタテ。三人とも同じように見えて、服の色が違うように作りも違う。スイの服が一番動きにくそうで、ミタテの服が一番戦いやすそうで、シンタの服は一番賢そうに見える。

真ん中にスイがいて、両端にミタテとシンタ。

スイは、男とも女とも判別がつかない。伏し目がちの目元から細い鼻梁《びりょう》、薄い唇まで、色もない白皙《はくせき》の膚《はだ》には生きた人間の生気はなく、存在そのものが霞《かす》んで見える。

シンタは穏やかな笑みを湛《たた》えて、両手に陣扇を携え、まるで、この世の憂いの何もかもを包みこみ、受け入れ、諭し、取り成してくれるかのような包容力が滲み出る。

腰に大刀を佩《は》いたミタテは、トヨアキの知らない顔をしている。朝に一緒に歯を磨いている時とも、昼に一緒にご飯を食べている時とも、夜に一緒に散歩に出かける時とも、真夜中に一緒に眠っている時にふと目が醒めて見るのとも……どれとも違う。

涼しげな横顔が、まるで神様。

きれいで、きれいで、ただひたすらにきれい。

存在がきれい。生きている世界が違う。トヨアキが触れたら穢《けが》してしまう。こちら側の世界の存在じゃない。血の通った生き物じゃない。

あぁ、この人たちは、人間じゃない。

この人たちは、トヨアキのことを生かすも殺すも自由だ。

でも、それで仕方ない。神様なのだから。ミタテに殺されるなら、もうどうしようもない。諦めて受け入れたほうがいい。……あぁ、でも死ぬなら、もう一度だけ抱かれたい。

「……っだ、って……だかれ……たいって……なに、かんがえて……」

自分の考えに、驚く。

なのに、あの鬼神から情を得られるなら、なんでもしたいと思ってしまったのだ。腹の底が熱を持ち、ひどく疼《うず》いて、腰砕けになって、膝から崩れ落ちそうなほどに……。

息をするのも忘れて、ミタテという存在に、とくとくと胸が高鳴って、止まらない。

息が弾み、悲しくもないのに胸が苦しくて、頬はかさつくほど熱くて、実体のない器官はいつまで経っても切なくて、その感覚がただひたすら愛しい。愛しくてたまらない。

いつまでもこの感情を抱きしめていたい。そんな我儘を願ってしまう。

あれが、欲しい、と。

分不相応にも、欲深な人間は、神様を欲しいと思ってしまうのだ。

そのくせ、社殿に足を踏み入れることもできず、遠くから眺めるだけなのだ。

そんな無様なトヨアキに、スイが最初に気づいた。

三本角の鬼天狗が、トヨアキの情動を見咎《みとが》めたのだ。

「ひっ……！」

ぐわっ！　とスイの顔が、鬼の面《ツラ》をした天狗に変わった。

首から下は神様のそれなのに、頭だけが車ほどの大きさもある鬼で、鳥に似た嘴《くちばし》から蛇の舌と牙を覗かせ、両腕は銀灰色をした三対の翼手。

だが、それは一瞬で引っこんだ。

べちっ、とスイの後ろ頭をシンタがはたいたからだ。

「痛い！」

スイの叫び声が聞こえる。

「驚かせちゃだめだって！　……トヨ君！　大丈夫だからねー！」

シンタが声を張り、トヨアキに手を振る。

「だっ……だい、だいじょうぶ……!!」

我に返ったトヨアキは、上擦った声で応えた。

手足の先が痺れていた。磔《はりつけ》にされていたような、ぎこちない体に血が通う。動きを止めていた全身の細胞が、生きていることを思い出したかのように活動を始める。

「とよ、こっちに来るか？」

ミタテが、低いけれどもよく通る声で、トヨアキを誘った。

「ぉ、ぉお仕事の邪魔になるから、大丈夫……！　あ、あぁあのね!!　みたてさん!!」

「どうした？」

「かっこいいね!!」

「…………」

「好き!!」

「…………」

「……ちっ、っがう!!　いまの忘れて!!　じゃあね!　お仕事がんばってね!!　ごめんなさい邪魔しました!!」

べこんっ!　と真っ二つに折れるくらい腰を折って、それから、走った。

やたらめったら、走った。

どっ、どっ、と心臓がうるさいけれど、それにさえ高揚を覚えて、走った。

走っているうちに、太陽がキラキラして見えて、海がきれいで、山の緑もいつもより明るくて、海鳥の鳴き声がこの感情をより強く突き動かしてくれるようで、潮風はこの衝動を後押ししてくれるような追い風で、それら全てが自分の為にあるような気がした。

どこまでも、どこまでも走っても、この脳裏を占領するのは、角のある天狗神のこと。

とってもありがたいものを見たような、幸せになれたような気持ち。

この島の人は総じて天狗だけれども、まるで普通の人のように生活しているから、余計に滅多に見られないものを見せてもらったような気がして、愛しい気持ち。

息切れして、ふわふわした足元を感じながら、限界まで走った足を、駆け足から歩みに変える。その間も、心臓の忙《せわ》しない鼓動や弾む息、脹脛の疲労にさえ心地良さを覚えた。

ゆるんだ頬をぺちぺち叩いて、呼吸を整えながら海岸沿いの砂利道を進む。

もうすぐ御神事があるらしく、トンテンカンテン、そこかしこで露店や櫓《やぐら》の設営が始まっていた。そこで大工仕事をする人たちに挨拶をしつつ、松林へ入り、コンクリート打ちの歩道から商店街へ入ると、八百屋のおにいちゃんに野菜をたくさん持たされた。

ミタテにくっついて散歩や買い物をしたり、持ち前のにこにこ顔で挨拶するうちに、島民からは好意的に扱ってもらえるようになった。

相変わらず、トヨアキは、大人の目……というか、島の人間の目が、常に自分に向けられていることには慣れないけれど、それでも、分からないなりに自分らしく接していれば、距離感の異なる存在にも近づけるかな……なんて思う。

ここは、こういう世界。

悪いことばっかりじゃない。キラキラしていることもある。

道を歩いているだけで野菜を分けてもらえたり、お魚を「あとで家まで届けてやろう」と声をかけてもらえたり、お茶やお菓子をご馳走になったり、麦わら帽子を被せてくれたり、「なんか困ったことあったら、俺らに言いなよ。歳《とし》が近いから喋りやすいでしょ」と中学生くらいの男の子が声をかけてくれて、自転車の後ろに乗せてくれたりする。

どっちの世界も一緒だ。

善い人もいれば、悪い人もいる。

どっちの世界でも、生きていることには変わりない。

「あら、おとよちゃん、お野菜いっぱい抱えてどこ行くの？」

井戸端会議をする女性たちに呼び止められた。

この島に住む、数少ない女性だ。天狗はオスばかりで、女の人は、島外から連れてこられたり、迷いこんできた人たちに限る。時代も年代も様々で、大正時代にここへ来たという人もいるし、慶応の頃に来たという人もいる。

天狗の第一目標は一族の繁栄。番う相手は、男でも女でも、気に入ったらなんでも構わない。その天狗に見初められた彼女たちは、皆、この島へ来た時のまま、歳をとらない。

そして、男の子だけを生む。

そのせいか、数の増えない女性たちは互いを守る為に一致団結していて、とても仲が良かった。たぶん、この人たちはもう魔性だ。人であって、人じゃない。角のある天狗と交わりすぎて、ヒトには戻れない。角のない天狗のようなもの。

「おとよちゃんは、いつもおめめをキラキラさせて、まるで乙女《おとめ》のようだわ」

「最近の子は、お顔も小さいし、躰《からだ》の線も細いし、西洋人のような体形かと思えば厚みもないし、まるで労咳《ろうがい》を患って、サナトリウムで療養している美少年のようね」

「分かるわ、桜子《さくらこ》さん……わたくしもとても強くそう思うわ」

「ミタテ様と閨《ねや》を共にされて……壊れてはしまわないかしら？」

「まぁ、おリツさんてば……破廉恥」

「いやだわ、わたくしったら……。でも、……ミタテ様のもとへ、おとよちゃんのような愛らしい子がいらしてくれて本当に嬉しいのよ」

「前のお嫁さまは、性根がよろしくありませんでしたものね」

「おそろしい方でしたわ。わたくしたちにも、まるで蛇のように絡んで……」

「けれども、おきれいな方で……わたくしたちでさえ惑わされましたもの」

「あれは波旬《はじゅん》に魔縁《まえん》……天魔に女狐《めぎつね》ですわ」

「スイ様にも、そのご気質が出ていらっしゃるのだけは……ねぇ？」

「スイ様は、やはりミタテ様のお種だったのではなくて？」

「ミタテ様も、それはもうあの女天狗を大切にして、スイ様にはより一層の思い入れで情をかけてお育てになられて……赤ん坊の頃から目に入れても痛くない可愛がりよう」

「ご存知？　ミタテ様は、まだおうちにあの女の写真を飾ってらっしゃるそうよ」

「あの……、桜子さん、おリツさん、アサヒさん？　なんの話してるの……？」

口を挟む暇もなく、長話になるかなぁ……なんて呑気に思っていたら、青天の霹靂《へきれき》だ。

情報量が多すぎて、どこから処理していいか分からない。

「あら、まだ何も聞いてらっしゃらなかったの!?　ミタテ様のお手付きだから、もうそのあたりも、てっきり承知の上だと……」

「おとよちゃん、どうかいまのことはお聞き流しになって……？」

「そうよ、産んでしまえばこちらのものよ。ミタテ様は情け深い殿方。これからは、きっと、きっと……おとよちゃんのことだけを見てくださるわ」

「まだ島に来て十日と経っていないのですから、すぐに孕めぬこともあります」

「お兄様のヤスチカさんがすぐに身重になったからと言って……まぁ、それでもゆっくりなほうよね？　わたくしも、わたくしなんて、拐《かどわ》かされたその日の種で孕んだわ」

「えぇ、わたくしも、旦那《だんな》様が閨にお夜這いにいらした、その初めての夜に……」

「天狗の殿方って……夜も鬼のようにお強くていらっしゃるから、お種も強くて……」

「あら、ではやっぱりおとよちゃん、いますこし、ご寝所でおねだりをなさいな。おとよちゃんがミタテ様のお子を産むこと、皆、熱望していますからね」

「あの女天狗に負けてはいけませんよ」

天狗の嫁たちは言いたいことを言ってから、「いけない、口が過ぎましたわ」と一方的に会話を打ち切った。

トヨアキは、背を押すように彼女らに見送られ、野菜を抱えたまま坂道をくだる。ゆるやかなくだり坂を転がり落ちぬよう爪先《つまさき》に力を籠め、小川にかかる石橋を渡り、小道へと入る。日本家屋が立ち並ぶ坂道を、とぼとぼ歩きもって考える。

考えている気になっているだけで、何も考えられていない。何にショックを受けているのかさえ分からない。さっきまで恋に恋して、浮かれてふわふわしていた気持ちが、馬鹿みたいに思えた。

ミタテには奥さんがいた。

　スイが、ミタテとその奥さんとの子供かもしれない。

「あー……えぇ～……？」

　戸惑いの声を漏らし、てくてく歩きながら首を傾げて、ふにゃりと笑う。

　どうしようもなくて、ただひたすら意味もなく歩いて、「えぇ～……？」とまた声を漏らし、無理難題をふっかけられたような心持ちで途方に暮れる。

　お嫁さんがいたってことは、女の人が好きってことだ。それに、ちゃんと大事にしてたって話だし、スイという子供も作っている。そして、あの二人と関係性のありそうな女性と言えば……写真立てのあの女の人で……あの女の人は、スイによく似ていて……。

「これ、本人に確かめるの絶対無理だってぇ……」

　そんな根性も勇気もないよ、俺……。

　自分は男だから子供を産んであげられないし、ミタテも子供は欲しくないと言っていた。どんな理由があって、いま、ミタテとその女の人が一緒に暮らしていないのかは分からないけれど、トヨアキは、自分が、その人の代わりになれるとは思わない。

　だって、あの二人には、子供を作るほどの愛情があったのだ。

　好き合っていたのだ。

　そんな情動に勝てるとは、思わない。

　そんな情動を、ミタテがトヨアキへ向けてくれるとは思わない。

ミタテが与えてくれる優しさや、膚を重ねた、たった一度きりのあの交合は、単に、可哀想な子供の面倒を見る大人のそれで、情愛や恋愛の欠片はちょびっとも垣間見えなくて……垣間見えないはずで……。

「あぁあ〜だめだぁ……馬鹿がどれだけ考えても分かんないやぁ」

そうして思い悩み、しっとり、じっとりとした感情は、苦手だ。

トヨアキはどちらかと言えば、聞き役なのだ。コイバナから部活やバイト先の相談事に至るまで。トヨアキは頭が良くないから的確な返答はできないけど、明るく元気に話を聞いてあげることはできる。そして、怖い顔をして思い詰めている人が、いやなことを吐き出して、最後に落ち着いた表情になっているのを見ると、自分も安心する。

だから、相談される側ではあっても、相談する側じゃない。それに、自分の気持ちを誰かに伝えることは苦手で、そんなふうに思い悩む自分がいるのもストレスだ。

「とよ、……トヨアキ?」

「……っ」

ぎょっとして、足を止めた。少し先に、買い物袋を下げたヤスチカが立っていた。トヨアキは慌ててぐるりと周囲を見回して、シンタの家の近くまで来ていたことに気づく。

「野菜いっぱい抱えてどうしたの?」

「は、半分、あげる!」

「持ってきてくれたのか?」

「ぅ……あ、えっと……散歩してる途中で、たくさんもらったから……」

「そっか、ありがと。……ほら、半分こっちに貸しな。袋に入れてやるから」

「自分でできるって……」

いつまでも、にぃちゃんの手ぇばっかり煩わせちゃダメ。

いままで、そうやってにぃちゃんに面倒を見てきてもらったんだから。

俯きがちに、ヤスチカの買い物袋に野菜を詰めこみ、「先に、にぃちゃんちの分を置きに帰ったほうがいいね」なんて、間を繋ぐ話をする。

兄と、そんなふうに場繋ぎの会話なんかしたことなかったのに、しなくちゃならないような気がして、適当な言葉ばっかり溢れた。

まだ、なんの覚悟もできてない。

にぃちゃんになんて言えばいいか考えてない。

でも、悪い言葉は使いたくない。

いままでたくさん迷惑かけてごめんね、って言って、それから、まだちゃんと受け止めきれてないけど、ちゃんと頑張って考えて、分かるようになるから……って伝えて、それから、それから、それから……にこにこしてると、それだけで幸せっぽく見えるから、せめて、ちゃんと笑わないと……。

「シンタに聞いたよ。……俺のことよろしくって言ってくれたんだって？」

「うん……あぁ、あの、……うん……」

「ありがとう」

「いぃよぉ……俺、えっと……ごめんね？」

諸手を挙げて万歳しながら、おめでとうって言ってあげられなくてごめんね。

悪い子で、ごめんね。

「……トヨアキ？」

「か、体とか……元気？」

「うん。元気だよ。……とよ、手ぇ貸して」

買い物袋を下げているのとは反対の手を、ヤスチカが握る。

ヤスチカは、トヨアキのその手を己の腹に押し当てた。

「……な？　腹ん子も元気に育ってる。だから俺も、この子も、元気。……お前は？」

「…………」

「やっぱり、こっちの生活は無理か？　スイ君と揉めてるってのも聞いてる。もし、ミタテ君の家が落ち着かないなら、うちに……」

「……まるい」

そうして、トヨアキの手に押し当てられたヤスチカの腹が、丸い。

触れなければ分からないほどの、微妙になだらかな、丸い腹。

「うん？　あぁ、腹な。ちょっと出てきたんだ。ほら、ここ触ってみな？」

「角……」

「この島の天狗は角があるから……小さいのが、時々、角で突くんだよ。ほんと、すっごく小さいのにさ……ちゃんと生きて、育ってて……生まれるまで人間よりも時間がかかるらしいんだけど、最初に角が成長するんだって。だから、これから大きくなればなるほど、どんどん腹の皮が突っ張って、ちょっと痛いらしい……」

「腹んなかに……こども……」

「そりゃ、赤ちゃんだからね」

「…………」

今日、きれいな鬼神様を見た。

今日、ミタテさんに奥さんがいたことを知った。

今日、兄の腹が膨れているのを知らされて、トヨアキの手の平を角で突いた。

「とよ、……トヨアキ？　……トヨアキ！」

ヤスチカが、慌てた声をあげるのを聞いた。

目の前が真っ白になって、真っ暗になって、意識がぶつんと途切れた。

＊

襖一枚隔てた畳廊下の隅で、大人たちがひそひそと込み入った話をしている。

そういう雰囲気は、あまり好きじゃない。でも、どうにも意識がぼんやりして、話の内容こそ耳に入ってくるのに、頭のほうは処理しないから、ちっとも意味を咀嚼できない。

「トヨ君の具合は？」

「熱が高い。時々、意識は戻るし目も醒ますが、また眠る」

「まさか妊娠……じゃないよな？　医者はなんて言ってるの？」

「たぶん、違う……らしい。夢現《ゆめうつつ》にもトヨアキが触られるのを嫌がって、ちゃんと診《み》てもらえてないんだが……」

「ミタテ君、俺やシンタに遠慮しなくていいよ。トヨアキは、ここ最近の色んなことが積み重なって、それで、一気にストレスで倒れたんだろ？　……まぁ、兄貴の胎が膨らんでる……っていう衝撃の強さに耐えきれなかったのが、極めつけだろうけど」

ヤスチカは、「俺がダメ押ししちゃった」と自分に怒りを覚え、項垂れる。

「……馬鹿馬鹿しい」

それまで黙っていたスイが、げんなりした声をあげた。

ヤスチカ、シンタ、ミタテの三人は眠るトヨアキの邪魔をしないように小声だが、スイはそんな配慮をしない。なぜ俺まで呼び出した、迷惑だ、と言わんばかりに声を張る。

「もし、本当にトヨアキがここで暮らせないなら、向こうへ返す必要がある」

「……チカちゃんも、分かるよね？」

ミタテとシンタは、声をいっそう低くする。

「うん。大丈夫。分かってる。……勝手に連れてきた俺が言うのもおかしいけど、とよが本当にこっちに馴染めないなら……とよだけは、帰してあげて欲しい」

「お前らがどれだけそう言おうが、一度でも島へ入ったら、滅多なことじゃ出られない」

「そうは言うが、スイ……まだトヨアキは完全にこちら側の物になっていない」

スイの言葉を、ミタテが否定する。

「御神事にも参加してないし、誰かの子を身籠ったわけでもない。帰すなら、神事の前になるね。記憶を消すことになるから、こっちのことは忘れちゃうけど……」

「……帰すなら、許可がいる。俺とシンタとお前だ」

外へ出るなら、三天狗の許しがいる。

「ふぅん、あっそ、絶対いや、認めない」

スイはにたりと口端を吊《つ》り上げ、三人の大人を嘲笑《あざわら》う。

「スイ君……無理なことを頼んでいるのは重々承知の上だけれど、弟は……」

「お前の弟が生きようが死のうがどうでもいい」

俺はここから出られないのに、他の奴はすぐに出してもらえるなんてずるい。

だから、いや。

「……あ、でも……んー……そうだな、ミタテが俺に種つけてくれるなら、許可を出してやってもいい」

「それはない」

再び、ミタテが即座に否定した。

「……っんで、お前はいつもそうやって頭ごなしに拒否するんだよ！　俺だぞ⁉　俺に種つけられるんだから、悦《よろこ》んで腰振れよ！」

「トヨアキが休めない。静かにしろ」

「いや！　どっちか選べ！　じゃなきゃ……」

「セツに種をつけてもらうか？」

「いや、それは絶対にダメでしょ？　セツはよそから流れてきたオスだよ？　確実にスイが死んじゃう。……それでなくとも、お前の胎は、よその種だと流れるんだから」

シンタが慌てて止めに入る。

「やらせる。セツなら種も強いし、俺の奴隷だし、なんでも言うこと聞くし、ミタテと同じくらいデカいし、ミタテがやらないならセツにやらせる」

「いま、お前とセツのことは後回しだ。俺の種を本気で欲しがっているわけでもないお前のその我儘も、言うだけなら好きにしろ。それよりも、トヨアキのことだ」

「アイツはやめろ！　ここじゃやってけない！」

スイの声はどんどん大きくなる。

「それは本人に決めさせる」

対して、ミタテの声は冷えていく。

「決めさせる前から決まってる！　アイツ、たぶん子供が産めない体質だ！」

「……それは、違う」

「違わない！　鬼天狗ってのは百発百中だって誰でも知ってる！　なのに、アイツ、まだ胎が薄いってことは、そういうことだ。アイツの胎は孕めない！」

だから、俺が子供を産んでやるから。

俺のほうを選んで。後回しとか、好きにしろとか言わないで。

「お前を孕ませるつもりはない」

「まだあの女のこと引きずってんのかよ……！」

「……違う、あの人は関係ない」

「なら、写真も捨てて、忘れろよ！　それとも、家族相手に番うのは近親交配だとでも思ってんのか!?」

「ちょ……ちょ、っと待ってって、あんまり近寄っちゃだめだって、二人とも……距離間保って……殴り合いのケンカになるから……スイは特に手も足も早いんだから、離れて」

ミタテに詰め寄るスイの間に、シンタが割って入る。

「なんか言えよ！　ミタテ！」

「子育てはもう充分だ」

「……っ！　俺はもう子供じゃない!!」

「子供だ。永遠に。俺のなかでは、それ以上にはならない」

ミタテが毅然《きぜん》とした態度で言い返し、それに苛立ったスイがまた言い返す。

できる限り冷静にシンタが二人を取り成し、ヤスチカが話を本筋に戻そうとする。

静かな家が、うるさい。ぎすぎす、ぴりぴり、悲しい雰囲気。

「…………」

俺が止めに入ったほうがいいのかなぁ？　でも、行きたくないなぁ……。

トヨアキは無意識のうちに布団を引っ張り上げて、頭から引っ被る。丸まった団子虫みたいな恰好で言い争いが収まるのを待つけれど、待てど暮らせど、怒鳴り合いは終わりが見えない。結局、居ても立ってもいられず、廊下側の襖まで這い寄ったが、そこから先へはどうしても進めず、じっと蹲《うずくま》り、「早く終わって……」とだけ願った。

「お前ら全員鬱陶しい！　大人風吹かせるな!!」

そこでまたスイの怒鳴り声が大きくなり、トヨアキは、びくっ、と首を竦める。

穏やかに仲介していたシンタがしっかりとした声で、「いまはトヨアキ君のことを一番に考えよう。スイは無意味にヒトを殺すな。魔縁に堕《お》ちるつもりか」ときつく言い含める。

「スイ、さっきお前のことを後回しだと言ったのは悪かった」

「それが本音だろうが！」

「違う。ただ、お前とトヨアキに向ける感情は違うという話だ」

「俺は、っ……俺は、産むならミタテかシンタの種じゃないとやだ‼」

「それはお前がまだ他の男を知らないからだ。世界が狭いからだ。外にはいくらでもいいのがいる。俺たちがお前に見合うオスを見繕ってやるから……」

「スイ、ミタテの言うことを聞こう？　お前がちゃんと跡継ぎを遺せるようにしてあげるから……ね？　いい子だから……セツの子だけはだめだ。お前の腹が喰い破られる」

「お前を死なせるつもりはない。お前は、俺たちが育ててきた大事な家族だ」

ミタテの声は静かだけれど、温かい感情が籠っている。

シンタも、ちゃんとスイのことを考えて、スイが傷つかない為に、スイを怒らせてでもスイの為になることを言う。

二人は、愛情深い。スイのことを大事にして、思いやって、愛している。それこそまるで、ずっとトヨアキが求めていた家族の理想形みたいなものが、そこにある。

いまはまだスイには理解できない大人の考えかもしれないけれど、それは確実にトヨアキに嫉妬《しっと》を生ませる関係と、家族の情だった。

あんなに心配されて、羨《うらや》ましい。

トヨアキには得られなかったものをまざまざと見せつけられて、羨ましい。

甘やかされているスイが羨ましい。

「……っ、ゃ、だ……」

トヨアキは、一度は襖の前まで行ったはずなのに、気がついたら、彼らの声ができるだけ聞こえない部屋の隅まで移動して、布団を引っ被って、耳を塞いでいた。

スイがずるい。

そんなふうに思ってしまう自分も初めてで、びっくりして、戸惑って……醜いと思った。

他人を羨むなんて、他人の家族が欲しいと思うなんて、自分もあんな家族が欲しいと思ってしまうなんて、あんなふうにいっぱい感情を表に出して怒り散らしても、ちゃんと話を聞いてもらえて、心配してもらえて、それでもまだ見捨てられないなんて……。

羨ましい。

愛情があると分かっているから、愛されていると分かっているから、あんなことが言えるのだ。絶対に自分を裏切らず、愛し続けてくれる。その関係性が変わらないと信じていられるから、あんなことを言えるのだ。

スイは、なんて幸せな子なんだろう。

「どうせ俺は島から出られないんだから、せめて相手くらい選ばせろよ‼」

スイの悲痛な叫びが響く。

前にも、同じようなことを言っていた。

スイはきっと、そういう難しい立場なんだろう。

そして、ミタテとシンタは、スイの為に、様々に試行錯誤して、守って、大事にして、将来を考えて、今日までを過ごしてきたのだろう。

「……も、やだなぁ……」

笑いながら、目尻に涙が浮かぶ。

布団の内側をぎゅうと握りしめて、耳の軟骨が痛くなるまで耳を塞ぐ。

ぼやっとくぐもって遠くなった天狗たちの声が、よりいっそう、まるでトヨアキに聴かせる為に大きくしているのかと疑いたくなるほどヒートアップして、苦しい。

「なんで、でっかぃこえで……けんかすんのぉ～……？」

ぐずぐず、べそべそ。……すん、と鼻を鳴らす。

そういうの、お父さんとお母さんみたいだからやめなよ。スイちゃん、きれいな顔してるのに、きっとこわい顔になって、鬼みたいになってるからやめなよ。ミタテさんもシンタさんも、きっと、口角が下がって、眉間に皺が寄って、こわい顔になってる。

こんなこと繰り返していたら、そのうち、何でもない時にまでイライラするようになって、大事な人のこと殴っちゃうからやめなよ。最後には、家んなかがめちゃくちゃで、壁に穴が開いて、「おはよう」も「いってらっしゃい」もなくて、ご飯も別々で、弁護士を通してしか話もしなくなっちゃうから、やめなよ。

「……ゃ、めなってぇ……あ、っぁあの、さっ、けんか、だめだってぇ」

ぐずぐずの涙を浴衣《ゆかた》の袖で拭い、布団をずるずる引きずって、部屋を出る。

廊下に立つ四人が驚いた顔をして、まず、ヤスチカが足早に歩み寄ってきた。

「とよ、大丈夫か？　寝てなきゃ……熱、下がってないから……な？　とよ」

「ゃめ……よぉ？　けっ、げ、ンぁ……やめよぉ、よ～……」

ヤスチカの手をぎゅうと握りしめ、訴える。

けんかはだめだよ。ケンカしたら、仲直りできなくなるよ。

愛し合ってても、どうしようもなくダメな時がきたら、もう仲直りできなくなるんだよ。

そういう時、俺がどれだけ明るくにこにこしても、笑顔で両親の間に入っても、二人を取り成す役目をしても、最終的には、それもできなくなるんだよ。初めのうちは俺の顔に免じて仲直りしてくれていた両親も、最後のあたりは「うるさい！」「鬱陶しい！」「笑うな！」「あっちへ行ってろ！」「話の邪魔だから外に出てて！」って言うんだよ。

「無駄に意味もなく笑うな！　鬱陶しい！」

ほら、スイちゃんもそう言う。俺のことなんか大嫌いって顔で、怒る。

「ご、めんね……スイちゃっ……ごめんね……？」

「泣いてりゃ誰かが助けてくれて、頼れて、逃げ場のある奴はいいよなぁ？」

「スイ、待ちなって！　まだ話が終わってないから……！」

背を向けるスイを、シンタが追いかける。

ほら、スイちゃんも出ていっちゃった。お母さんと同じだ。

「みっ、だで……ざ……っ」

「どうした？」

ミタテが布団ごとトヨアキを抱き上げる。

「俺のこと、っ、いいからぁ、すいちゃ……っ、追っかけてぇ」

「いい、お前の傍にいる」

「だめだってぇ。こん、ど……はっ！　おっかけて！」

俺は熱があるだけだけど、スイちゃんのほうはなんか思い詰めてて心配だから。

だって、あの顔は、「もう疲れたわね、終わりにしましょう」って言った時のお母さんの顔にそっくりだったから。愛しい人に失望して、他人に期待しないで、悲しくて、さみしくて、諦めて、でも「ほんとはね、好きなのよ。……でも、どうしようもないのよね」って悲しそうに笑ってた時と同じ顔だから。

家族なんだから、まだ仲直りできるなら、その可能性があるなら、お互いに「本当はケンカしたくない、仲良くしたい」と想っているうちに、仲直りして。

この間は、ミタテさんはスイちゃんを追いかけなかったけど、今度こそ追いかけたほうがいい。俺のお父さんは、一度も追いかけなかったから。二人とも、別々に家を出ていって、別々にお付き合いしているそれぞれの好きな人のところへ行っちゃったから。

「早く、追っかけて……っ！」

ミタテの腕から落ちるようにして廊下に立つと、その背を押した。俯いてミタテの背を押し続けていると、「すまん」と頭上で謝る声が聞こえて、ミタテの背が離れた。

「……とよ、大丈夫？」

「……ん、大丈夫………あー……なんかねぇ、久しぶりに昔のこと思い出した……。なんでだろうね？　熱出てるからかなぁ？　あー……恥ずかしい」

照れ隠しで、ずず、と鼻を啜り、ヤスチカへ向けて笑う。

久しぶりに、子供みたいな駄々の捏ね方をしてしまった。

「……お前ばっかり我慢させてごめん」

「なんで？　なんもしてないよ？　ほら、大人って頑固だし融通きかないからさぁ、子供がお願いしてあげないと動けない時ってあるじゃん？　それだよ」

「ここまできて、そんな役回りばっかりさせて……」

「にぃちゃんも、胎教に悪いからケンカの声じゃなくてモーツァルトでも聞きなよ。俺と一緒で、あんまり親戚《しんせき》付き合いとか近所付き合い上手じゃないんだしさ」

アパートに住んでた時も、そういうのは俺の役目だったじゃん？　俺、もうにぃちゃんよりも背ぇでかいし、十八歳だから大丈夫だよ。部屋の隅に蹲ってスナック菓子食べてるだけじゃなくて、ちゃんとケンカも止められるくらい大きくなったんだから。

大丈夫。

＊

家に、誰もいない。

ヤスチカは身重で無理がきかないし、自宅で休んでいることも多い。トヨアキも、そのほうがいいと思う。シンタは、もうすぐそこに差し迫る御神事とやらの準備で忙しい。その御神事にはスイの参加も必須なのだが、あの通りだから、ミタテはスイを説得する為にサツノ町まで出向いて、帰る帰らないの押し問答を繰り返しているらしく、留守が多い。

ケンカされるより、家のなかが静かなほうがいい。

外でケンカしてるのかもしれないけど、こわい声を聴かなくていいのは気が楽だ。

「……さんぽ、してきます、きょうは、やま、の、ほう。とよ、……っと」

冷蔵庫のホワイトボードに平仮名ばかりのメモを残し、靴を履く。

裏口を出て、坂道を登り、渓谷へ進むと、楓並木《かえで》がある。それを左へ迂回すると、そこはもうすっかり山のなかで、大きな川に行き当たる。山上から流れてきた清流は、岩を削って小さな滝を段々に作り、穏やかな流れを描く。その川面《かわも》に、緑も青い楓の葉がかかり、木漏れ日を作っていた。

川の両岸に、砂場や河川敷はない。トヨアキは、ひとつひとつが一メートル四方はある岩を飛ぶように下りて、その岩肌に腰かけると、冷たい川に足をつけた。

「ふぁあ……」

寝てばっかりなのに、まだ眠い。微熱も下がらず怠いが、寝てばかりも気が滅入る。

ぱちゃっ、と足先で水を蹴り、ぼんやり川面を眺める。きらきら、きらきら宝石みたいに色んな色に光って、魚の鱗《うろこ》のみたいに眩しくて、目を細めて、また欠伸をした。

「ごきげんよう、ぼうや、……おひとり？」

「……？　うん。……こんにちはぁ？」

木綿レースの日傘越しに、女の人が声をかけてきた。

日傘で顔は見えないが、襟のついた生成り色のワンピース姿で、足元はヒールの低いパンプスを履いている。山の近くなのに、こんなきれいな恰好でいたら汚れるし危険だと思うが、ちっとも汚れていない。

「こんにちは。お隣、よろしくて？」

「どうぞぉ。……あ、汚れちゃうよ？　ちょっと待って」

羽織っていたカーデを岩場に敷いて、どうぞ、と手を貸す。

「まぁ、とても上手にエスコートなさるのね」

女性はトヨアキの隣へ腰を下ろし、川べりに足を下ろす。

背は高い。けれども、トヨアキよりは小さくて、川面に足先が触れていない。

「おねえさんも、天狗さん？」

「わたくしは、あまのさこのひめ、あまのさぐめ、あまのざこ」

「……あまのじゃく？」

「それね、そう、それかしら」

「あーちゃん」

「…………ちゃん付けで呼ばれたのは初めてねぇ」

ふふ、と口許を綻《ほころ》ばせ、その人は日傘をくるりと一度だけ回した。

「あーちゃんも散歩？」

「新しい子が島に来たと人伝《ひとづて》にうかがってね、久しぶりに島へ戻ってきたの」

「いつもは外にいるんだ？」

「わたくし、この島を追い出された身ですの」

「うら若いオスの天狗を誑《たぶら》かしてしまったのよね」

「なんで?」

ほら、わたくしって美しいから。

「誑かしたら追い出されるの? なんで?」

「大勢を誑かしたの。……で、怒られてしまったわ。悲しいわよね。ただ愛して差し上げただけなのに……。そう考えると、あなたのお兄様は、天狗を一匹誑かしただけで、随分な言われようなのですから……ほんと、ヒトというのは哀れな生き物ですこと」

「なにそれ?」

「あら、ご存知なくて? あなたのお兄様は、ヒトの身で心綻《しんたん》鬼神様を誑かした性悪で、島の人間が認める前から、その胎にお種を頂戴して子供まで作った尻軽で……と、それはもう裏でひどく言われてらっしゃるのよ?」

「……皆、そう言ってるの?」

「えぇ、皆、ですわ。いえ、なかにはそう思ってない方もいらっしゃいますでしょうけど、口さがない者もおりますし……ねぇ? 田舎ですもの。表と裏はございますわ。かく言うわたくしも、追い出されたとはいえ、それがいやで自ら島を出たようなものですの」

「そんなにひどいの?」

「お兄様のお腹の御子が流れてしまったなら、あの兄弟は喰らってしまおう」

「……食べる？」

「えぇ、ぱくん、と。鬼の天狗ですから、……こう、ぱくん、と」

産ませる為に連れてきたのだから、産まないと強情を張るなら食べられて当然。

この島に子供を産まない男が一人増えても無駄ですもの。

「俺は、じゃあ、いつ食べられてもおかしくないんだ？」

「そうなりますわね。……あぁ、でもご安心なさって？　いつまで経っても子供を孕まないあなたが、それでもまだこの島で生き永らえていられるのは……」

「みたてさんが庇ってくれてるから？」

「えぇ、えぇ、察しのいい子ですこと、その通りですよ。あの方が取り計らってくださっているからですわ。……でも、それももう限界ですわねぇ。あなた、あの方に抱いていただいたのに、おなかがぺちゃんこのままでしょう？」

「……う、うん」

「あなた、天狗の子を孕めぬ性質《タチ》かもしれないわねぇ」

「そうだったらどうなんの？　食べられるの？」

「食べられる前に、ぐるりと島の天狗を一巡させられますわ」

「……ぐるりと一巡」

「えぇ、ぐるりと一巡」

ミタテの種で当たらなくても、他の天狗の種で当たるかもしれないから、食べながら殺す前に、試し撃ち。見事、当たったなら儲《もう》けもの。外れても殺せばいいだけのこと。

「し、知らない人と、させられるってこと……？」

「そうねぇ、そういうことになりますかしら」

「スイちゃんも、同じようなこと言ってた……」

「あらあら、あの子ってば……わるいこ。でも、あの子の言うことも尤もだわ。あなたに子供ができないとなると、お兄様の立場もなくなってしまいますし、折角《せっかく》ですから、ぐるりと一巡していただいてでも孕んだほうがよろしいのではなくて？」

「なんでにぃちゃんの立場がなくなるの？」

「だって、あなたのお兄様が、あなたをここへ連れてきたんですもの。この島に多少なりとも恩恵をもたらして、この島の男のややこを孕んで、この島の生き物になるという前提で、人知れずのこの島へ連れてきたんですもの」

それができないなら、お兄様の責任になってしまいますわよね。

「それ、困る、……困ります。にぃちゃんはここで暮らしたいって言ってるし、赤ちゃんも産まれるし、お、おなかも……おっきくなってるし……好きな人が、ここにいるから、ここで生きるって決めてるし、だから……困ります」

「困るわねぇ」

「困る。困るから……えぇと、俺が、子供を産んだらいいんですか？」

「そうねぇ。でも、あの方はあなたとの間に子供を作るつもりはないのでしょ？」

「みたてさん？　うん、みたてさんは子供はいらないって……」

「なら、他の男にお願いするしかないわね」

「それはやです」

「あら、選《え》り好みできると思ってらっしゃるの？」

「分かんないけど、知らない人はやです。みたてさんにお願いします。いや、えっと……子供を作るのにそんな無責任じゃいけないんだけど、にぃちゃんの幸せのほうが大事だから……って考えると、俺、たぶん、頑張れると思うんで……」

「他人の為に、子供を産むの？」

「…………」

「あなた、何がしたいの？」

「……っ、……みんなで、なかよくしてほしい……」

もしかして、俺は、どん詰まりに行き当たっているのだろうか。

馬鹿なことを言っているのは分かってる。現実を見れていないのも分かってる。自分は無力で、ヤスチカに養ってもらってる身で、両親のケンカの時も、結局、仲裁役にもなれなくて、「にこにこ笑っていらいらする！」と言われて、子は鎹《かすがい》なんて嘘だって知った。

「……おれ、なんにもできない」

「そうねぇ」

くるん。くるん、くるん。斜めに傾げた日傘を、三度も回す。

「ひとつくらい、ちゃんと……覚悟……決めないと……」

俯いたまま、自分の足を見つめる。ゆるやかな川の流れにゆらゆら揺れる二つの姿を凝視し、ぎゅっと手を握りしめる。

「あらあら、お顔が真っ赤。お日様に当たりすぎたのかしら？」

「………夏風邪です」

「そう？　ならいいのだけど……あぁ、そうだわ、いいことを教えて差し上げる」

「なんですか？」

「もうすぐ御神事があるでしょう？　御神事、祭礼、大祭、お祭り……ご存知？」

「何か準備してるのは知っています」

「神社で御神事をした後にね、ご神山でも儀式をするの。ご神山は、この川の上流。須斎《スイ》山《セン》の頂上よ」

「景色のきれいなところ？」

「そう、一本松が崖下へ向けて伸びてるでしょう？」

「みたてさんのお気に入りの場所」

「…………あら、あなた……もうあそこに連れてっていただいたの……」

「うん。みたてさんと初めて会った日……だったかな？」

「…………ふぅん、そう。……まぁよろしいわ。あの崖ってね、岩肌が階段のようになっていて、そこをくだると、洞窟をくり貫《ぬ》いた小さなお寺さんがあるの。そこにはね、この島の天狗を祀《まつ》っているのよ」

「……それも、みたてさんから聞いた気がします」

「そう。……そこへ行ってごらんなさい、きっとあなたの願いを叶えてくれるわ。あぁ、でも、御神事の当日に行くのよ。御神事の前日でも、後でもいけませんからね。誰にも内緒で、そうっと行って、そうっとお願いして、そうっと戻ってきて、そこであったことは誰にも言ってはいけないのよ」

「ありがとうございます」

「わたくし、あなたには幸せになってもらいたいの」

「どうして？」

「わたくしは幸せを奪われたから」

くるん。日傘を回して、微笑む。

うっすらと口角を持ち上げる薄い唇だけが、トヨアキの視界の端に映る。

あの写真の女の人だと思った。

「あーちゃんは、角がないんだね」

「わたくしは天邪鬼《あまのじゃく》だから。……あぁ、そう、言い忘れていたわ。わたくし、これを伝えに来たの」

「なんですか？」

「わたくしのあのお方、返してちょうだいね」

あなたには勿体《もったい》ないオスだから。あなたとあの方は他人だから。不釣り合いだから。

あなたにそのつもりがないのなら、わたくしの夫を返してちょうだい。

＊

人生で初めて、焦燥というものを知った。

「……トヨアキ？　探したぞ。どこまで散歩に行っていた。具合が悪いのに出歩く……」

「みたてさん！　あかちゃん作ろう！」

「…………」

「あかちゃん！　つくろう！」

トヨアキを捜しに表へ出ていたミタテの手を引き、裏口から縁側へ引っこみ、一番手近な部屋へミタテを連れこんで馬乗りになる。

「おい、トヨアキ……」

「俺でいいでしょ？　スイちゃんよりも、奥さんよりも、俺がいいよね？」

「…………」

「みたてさんに選択肢がなくてごめんなんだけど、俺にして？　スイちゃんと仲直りするのが先なのは分かってるし、好きでもない子とこんなことしたくないだろうけど、俺、みたてさんがいいみたいなんだ。だからえっと、ごめん？　えっと……、そう、ごめん……ごめんなさい……ちゃんと、いい子にするし、余計な手間とかかけさせないし、できるだけ自分で頑張るし、そう、大体にして、俺もう十八歳なんだから、一人で頑張って育てられると思うし、働けるし、大丈夫だと思うんだ」

自分の服をあっという間に脱いで、ミタテの服を剝きながら、捲《まく》し立てる。

「お前、さっきから何をとち狂って……」

「だから、ちょっと目ぇ瞑って、奥さんのことでも考えてて。……で、どばーっと出してくれたらいいから。……あ、やっぱりやだ、奥さんのことは考えないで。他に好きな人がいたっていいし、奥さんがいたっていいから、いまは俺のこと抱いて」

ベルトを外して、ジッパーを下げ、下着の上から陰茎を撫でさする。

後ろ手だとやりにくいので体勢を変え、「ごめんね、お尻向けちゃってるけど、ちゃんと俺がおっきくしてあげるから」とミタテの陰茎をぱくんと口に含む。

「ふぇっ、ぅ……ぅ、ン、っぐ」

「咥え、っ……ながら……喋る、な」

トヨアキの白い臀部《でんぶ》を眺め、ミタテは息を呑む。

「つぷぁ……ぅ、え……えっと、ちょっと待って、ちゃんと上手にするから、でも、あの、俺、ちゃんと孕むから、っ……あのさ、っんぁ……、ぅ……だぁら、あかんぼだけ、こさえてくれたら、それでっ……ぃ、いからぁ……っン、ぅ」

大きく口を開いて、あぷ、と雁首を頰張る。

「落ち着け。……こら、嚙むな」

「ぁあぅ」

ぺちょ、くぽ。かぽ、くぽ。拙《つたな》い技巧で男を煽る。いいからとっとと俺に手を出せ、早くしないと嚙み切るぞ。太い竿を唇で甘嚙みして、じゅるりと先端を啜り上げる。

色んなことがない交ぜになって、自分が一人だけ焦っているのは分かっている。でも、子供は必要だ。ヤスチカを幸せにするのはシンタだけど、トヨアキにだって、その手伝いくらいはできる。あぁ、うそ、ちがう。そうじゃない。それがほんとの理由じゃない。

「お前、孕むことの意味を分かってるのか」

「あかちゃんできて、にぃちゃんみたいに腹が膨らむんでしょ？　大丈夫！」

「大丈夫って……お前、産むってことだぞ。……産んで、お前、それでどうするんだ」

「産んだら、赤ちゃんに情が湧くじゃん？」

「……そりゃあ、俺の子だからな」

「そしたら、もしかしたら、俺にももっと情が湧くかもしんないじゃん」

「大前提として……、情があるからこそ、そういう行為をするんだが……」

「だから、子は鎹になるじゃん！」

「……？」

「奥さんとヨリ戻しても、俺との子供がいたら、時々は俺のほうも見てもらえるじゃん⁉ 俺、ミタテさんのこと誰にも奪《と》られたくない！」

「……勘弁してくれ」

目の前に据え膳《ぜん》を置かないでくれ。辛抱きかん。

「あかんぼ、俺とはこさえたくない？」

こういうこと、したくない？

ミタテの腹へ跨《また》がり、自分の陰茎とミタテの陰茎を一緒くたに握って、腰を揺する。

前のめりになって唇を重ね、胸と胸をくっつけて、腹の間でぬるぬると陰茎を滑らせる。

ミタテは眉間に皺を寄せた渋面だが、陰茎を固くして、皮膚の上からでも分かるくらい
トヨアキの下腹を圧迫する。臍《へそ》の穴に先端が引っかかるのが、トヨアキにも、ミタテにも、
気持ち良くて、どちらもやめるとは言わない。

「そのまま動いてろ」

摑み甲斐《がい》のある尻を両手で揉み、肉を割る。窄《すぼ》まった尻穴に、両手の親指の爪を寝かせて潜りこませ、左右に、ぐにゅりと拡げる。

「っん、んー……ぅ、ぅ、あ……っ、あ」

眉を顰め、なんとも言えぬ違和感に、か細い声を漏らす。

「動け」

「う、ん」

にちゅ、くちゅ。ミタテの腹の上で、腰を上下に揺する。ぎこちなくて、拙くて、もどかしくて、ついつい自分の手を二人の腹の間に差しこみたくなるけれど、両手はミタテをしっかり捕まえて、その首筋や頭を抱くのに忙しい。

ねたねたとした二人分の先走りが会陰に伝い、二人の陰毛に絡んで、ミタテの指がそれを尻穴に塗り広げる。

「も、いぃ……はやく、なか、入れて」

「……待て」

「はやく」

「いいから……ちょっと待ってろ」

「いじわるやだ」

「……ふ」

「なんで笑ってんの？　俺だと、だめ？　勃たない？　ここ、がちがちになってるけど、だめ？　っ……なぁ、なんか言って……っ、ぇ、あっ……っ⁉」

声が裏返る。喉の奥に舌が引っこみ、息も詰まる。ずぶずぶと熱いものが埋められていく感覚は鮮明で、一回目より余裕があって、何をされているかちゃんと分かる。

「とよ、とよあき……」

「……ふ、ぁ？」

「何かする時は、事前報告だったな」

「……？」

「交代だ」

「……あ、えっ……ぇっ」

後ろ頭を抱かれ、ミタテが上半身を起こす。ミタテだけを見ていた視界が、あっという間に天井になって、その天井の代わりにミタテが覗きこんでくる。

「子供、作るんだったな？」

ミタテが、笑う。

目を細め、これぞオスの本領だと言わんばかりにオスくさい顔をする。

「……っ、うん」

「途中で弱音を吐いたら終わりにする」

「ぜったい、吐かない」

搾り取れるもんなら、搾り取ってみろ。お前じゃ無理だ。そう言われた気がして、トヨアキはミタテの裏腿に足を絡め、ぐいと腰を押しつけた。

誰にも奪られたくない。奪られるくらいなら、根こそぎぜんぶ奪いとったほうがいい。

このオスの種、自分に縛りつけておく為に、絶対、着床させてやる。

＊

「ぉ、あっ……っあ、ぁ……っ」

腹を突かれると、声が出る。可愛くない声だけど、取り繕っている暇はなくて、背中に爪を立てて、ぎり……と引っ掻いて、あーあー喘ぐ。

言葉が、ない。ミタテは、声をかけると言っておきながら、それさえまどろっこしいと、行動で示す。息が、荒い。汗が、不規則にぼたぼたと頬や胸に降ってきて、伝い落ちたその汗の粒が滲んで、畳に染みる。動きが、乱暴。表返されて、裏返されて、腕の一本で脚を抱えられて、片手で腰を摑まれて、ぎらぎらした眼で射抜かれる。後ろがすり切れて、うっすらと血も滲み、ふちがめくれあがって、真っ赤に腫《は》れてじくじくと痛む。

たぶん、ミタテは、交わる時には言葉より態度で示すほうが得意だ。

腹を空かせた獣みたいにがっついて、本当に、齧《かじ》ってくる。

「ひっ……ン」

首に、頬に、乳首に、二の腕に、脇腹に、内腿に、背中に、尻。

目についた時に、目についた場所を、手あたり次第齧って、歯形を残す。

ミタテはけっして満足することなく、出しても、出しても、終わらない。

トヨアキは、ミタテのなすがまま、種をつけもらう為に乱れる。ずっとなかに入ってている気がして、陰茎を抜かれて体位を変えている時でも肉が疼き、ぽっかりと隙間が空いていると思ったら実は埋まっていて、下半身はもう腰砕け。

「はげっ……しっ……み、ぁてさ……ぃ、いたぃ……っ」

「……あ？」

「みた、て……っさン……っ、入って……とこ、ぉ……ぉあ……ぁー……」

「よがってんだから、いいだろ」

「ぁー……っ、ぉ、ぉあ、ぉ、っお……ぁ」

白目を剝いて、かり、と畳を掻く。

よだれを垂らして、ぱしゃりと漏らす。射精か、それ以外か、自分では分からない。

「とよ、逃げるな」

トヨアキとちゃんと呼ぶ時間さえ惜しくて、足首を摑んで引き寄せる。

「に、ひぇ……ぇな……ぃ、っぃン……っ」

摩擦を繰り返され、括約筋と腸壁が同じくらいじくじくと痛む。肉を締めると抜き差しの瞬間に痛みが強くなるので、極力それを避けようと筋肉をゆるめる。すると、浅く陰茎を咥えこまされた下腹を、大きな手の平でぎゅうと圧をかけられる。

「ぁー……っ、ぉ、ぁおっ、お……ぁ」

口が大きく開いて、でも、舌が引っこんだまま息を吸うこともできず、吐くこともできず、発情した獣みたいに唸る。

眉根を寄せ、口角を持ち上げ、自分が、いま、どの感覚にいるのかも理解できぬまま、下腹や内腿を痙攣《けいれん》させる。男を受け入れれば受け入れるほど、感度が良くなったと褒められ、奥の奥まで抉《えぐ》られる。いやらしくうねる肉を強引に掘られ、脳髄を後ろに引っ張られた感覚に襲われて、視界が真っ白に飛ぶ。けれども、許されない。

「ひっ、ぃ……っ、ひぁ……ぁっ！」

背中に覆い被さられ、頭を抱えこむように抱かれて、後ろから突かれる。腿の肉を閉じさせられ、狭い肉襞を拡げられ、こちらの意志を無視する動きで貪《むさぼ》られる。

力任せで、ちょっと乱暴で、でも、気持ちいいところがぴったり重なって、肉と肉が絡むたびに死にそうなほど気持ち良くって、一生こうしていたいくらい気持ちいい。

こわいくらい良くって、これからもこの人に犯してもらえるならなんだってする……と口走ってしまいそう。もっと、もっと欲しくて、焦がれて、性急な前後運動が激しさを増すから、喉を仰け反らせてオスを締め上げると、ぶわりと熱いものが広がった。

「んっ、ふぁ……っ、あぁ、ははっ……っ」

きもちいい、いまのこれ、いちばん、きもちいい。

「……とよ？」

「いま、のっ……、もっかい、やって……すごい、す、っ……ごい、きもひ、いぃ」

「……っ、とよ、待て」

「っ、あー……ぇ、ぁ？　あ？　いまの、もぉひっかい……はやく、挿れて」

「だめだ、待てっ」

ミタテが珍しく切羽詰まった声を出す。

「なか、だして……」

誰かに奪られるくらいなら、ぜんぶ俺のなかに出して。

あの人にあげるくらいなら、俺に寄越して。

いくらでも追い上げて、締めて、気持ち良くしてあげるから。

「みぁ、てさ……っ、ぬくの？　ぬいた……の？　なんでぇ？」

ぼやけた視界の端で、ずるりと陰茎が抜け落ちる。

まだちゃんと固くて太いのに、なんで抜くの。なんで、そんなに焦ってるの。

「待て」

「ゆび、やだぁ……」

くぽ、がぽ。指が入るだけぜんぶ含まされ、これで我慢しろと掻き回される。

腸壁を撫で回し、腫れぼったい肉を指の腹で掻き出すように動かされると、括約筋のふちにでろりと精液が溢れて、こぽりと空気の泡を作り、ゆっくりと垂れる。

「みたてさん……ぁ、かちゃん、まだできてない……ここ、さみしい」

自分の両手を使って、左右に穴を広げて見せる。

早く次を頂戴とねだり、目の前の勃起したオスを凝視する。

「……待て、もうなくなった」

「あかちゃんのたねぇ？」

そんなにがちがちなのに？　うそばっかり。

「違う。……いいから、とにかく、だめだ、とよ、触るな」

「……意気地なし、孕んでやるって言ってんだから、早くそれハメろよ」

みたてさんが気持ちいいこと、全部していいから。どんなふうに使ってもいいから。赤ちゃんできたら、ちゃんと育てるし、俺が責任もつから。その強そうな種、寄越して。

俺は、みたてさんの種しか欲しくないんだ。

【3】


セツの家は、サツノの外れ。

シダ植物、ツガ、ヤブツバキ、ミミズバイ。そこは、南方の高山植物や原生林が鬱蒼《うっそう》と生い茂る場所に隠されている。武家屋敷の離れだけを移築したような、ひっそりとした佇《たたず》まい。真っ青に澄んだ池には高床が張り出し、時折、淡水魚が跳ねる。周囲には自然しかなく、四方からは風が吹きこみ、鳥の羽搏《はばた》きもなく、静寂に囲まれていた。扉が一枚もない部屋のどこを見渡しても、夏の色をした植物と水だけの世界が広がっている。

セツの家は、棲《す》み心地こそいいが、狭い。

まぁ、男の一人暮らしだし、島の外から来たオスだから、こんなものだろう。部屋の数もたったの三つだし、そのうちひとつは付書院《つけしょいん》のある居間。もうひとつはこの池に張り出した高床の部屋で、残るひとつがセツの私室。

いまは、スイが占領している。

セツの家なのに、スイは、まるでこの家のあるじのように振る舞っている。

尤《もっと》も、セツとスイが知り合った時点から、セツのものはスイのものだ。

セツが己の生活用品をそろえるより先に、畳部屋に絨毯《じゅうたん》を敷かせ、洋机やカウチを用意させ、和室をすっかりスイ好みの洋間に設《しつら》えさせた。セツはよく弁《わきま》えたもので、スイが何か注文をつける前にスイが気に入るカーテンや照明器具を買いそろえ、スイが文句を言う前にスイが好きな食べ物やお茶を取り寄せ、スイが欲しいと思いつくより先に猫脚の風《ふ》呂《ろ》を輸入し、スイが不足を感じることなく着替えや下着をそろえておく。

よくできた奴隷だ。

スイは、古臭いものが嫌いなのだ。伝統も、格式も、日本家屋も、和食も、田舎も、事あるごとに……事がなくとも、なにかと住民が寄り集まるのも、嫌いなのだ。

嫌いだが、出られないのだ。出して、もらえないのだ。逃げようとしたならば、手足をもがれて、あの洞穴の檻《おり》に繋《つな》がれて、強制的にあてがわれたオスに毎日毎日犯されて、孕《はら》みたくもないのに孕まされて、産みたくもないのに産まされるのだ。

跡取りを遺す為《ため》に。

「……セツ、ミタテは？」

カウチに凭《もた》れかかり、色のない肌の足先で、セツを蹴《け》る。

「今日はまだ来ていません。明日の準備が忙しいかと……」

スイの足下で正座するセツは、目線のみを持ち上げ、答える。

「ふぅん。……痛い」

「すみません」

肩を蹴られても、セツはびくともしない。

身の丈は百九十五センチもある偉丈夫で、灰がかった銀鼠《ぎんねず》の髪と、碧《みどり》から灰青色《はいあお》へ変わる不思議な風合いの瞳《ひとみ》を持っていて、この島の男とは毛色が違う。不愛想で、寡黙で、無表情で、何もせずとも目元に陰がかかるような、目鼻立ちのすっきりとした男。

でも、奴隷。

「へたくそ」

「すみません」

「続けろ」

「はい」

スイの言葉に、盲目的に従う。

この島で暮らす天狗がスイに従うのは当然の摂理だ。勿論《もちろん》、よそからやってきたこの男も、この島に住む限りはスイに従う。セツに限っては、そうでなくとも従う。

セツは、スイのことが好き。愛している。スイの為になら、なんだってする。

「……あの女が帰ってきてる」

「はい」

「……っンん、っ、ふ……っ、ふぁ……っふ、ふふっ……」

スイは両腕にクッションを抱え、喘《あえ》ぐような、笑うような声を漏らす。

スイはこの島そのもの。よそ者が入ってくれば分かる。

「あの方は、あなたの……」

「誰《だれ》が喋《しゃべ》っていいっつった！」

蹴る。

「すみません」

「……使えねぇな。お前、俺に種つけたいんだろ？　なら、とっとと続けろ」

「はい」

「っ、は……っ、っ……ぁー……っ」

ぱたっ、と白い足が跳ねた。

抱きこんだクッションに顔を埋《うず》め、セツの髪を鷲掴《わしづか》む。

「あっ、の……ばばぁ……っ、ぜ、ったぃ、余計なことしに帰ってきたっ、に……決まって……っる……っん……ンぁ……っふ」

「いつでもどうぞ」

「もっと、つよく……っ」

「……ん、ぐっ」

「ン、そう……それ……そこ……ばか、っ……っあ、はは……っひ、ぃ……っ」

口端を吊《つ》り上げ、引き攣《つ》れた笑い声で絶頂を迎える。

髪を鷲摑んだセツの口内に射精して、きゅう、と下腹に力を籠《こ》めた。セツの喉《のど》の奥に陰茎を捩《ね》じ込み、先端が潰《つぶ》れるほど押しつけて残滓《ざんし》を吸い出させる。

「……っ、あ……ン、んあ、ぁー……」

ぶるりと身震いをして肩で息を吐き、鼻にかかる甘い声を漏らす。セツの舌に煽《あお》られ、長引いたその波がすっかり引くと、ぐったりとソファに凭れかかり、脱力する。

熱っぽい息を吐くスイの前でも、セツは膝《ひざ》を崩さず、きちんと正座をしていた。

「……せぇーっ、あーん」

「……ぁ」

きれいに生えそろった歯と、尖《とが》った犬歯。真っ赤で健康的な口腔《こうこう》内の肉と粘膜。そこに、スイの薄い精液が絡みつき、舌の上にもたぷたぷと漂う。

「まぁだ」

「……ン」

「まだ、飲むな……っふは……ガン見してんじゃねぇよ」

スイは自分の陰部を持ち上げ、己の手指で尻穴を弄っては、その痴態をセツに見せつける。くちゅ、くぽ……自慰のしすぎでゆるい穴を、ねとりと開く。

「…………」

「まだ、だめ。飲むな。……だめ。だぁめ。……そう、ほら……ぐちゅぐちゅして？　あわあわにしたら、あーんして。……っん……ふぁ、あ……っはは……舌出して、そう、一滴でも零《こぼ》したら飲ませてやらない。……あぁ、まだだめ。俺にも触るな。正座だ。両手は膝の上。もう一回、ぐちゅぐちゅして、そう、じょうず……っあ、ははっ、……きったね……。……なぁ、セツ……まだ飲みたい？」

「の、みぁい」

「おねがいします、は？」

「……ぉ、ねぁひ……しまぅ」

「だぁめ。ちんこガン勃《だ》ちさせるような変態には許してやらない」

俺のケツ見てるだけで、結腸まで届くちんこをぱんぱんにさせるような変態は、我慢。我慢だ。

「謝って？」

「……す、ひぁ、……ぜ……っン」

「俺みたいにきれいでかわいい高校生のちんこ咥《くわ》えて、大人の男なのに蹴られて勃起《ぼっき》して、汚い性欲を押しつけてごめんなさいって言って」

「……っえん……ぁ、さぃっ」

「あっはは、必死」

口のなかでがぼがぼ溺《おぼ》れて、でも、一滴も零さないように努力して、健気《けなげ》で、可愛《かわい》い。可愛い、可愛い、俺の奴隷。

「……す、ぃ」

「んー……？　っふ、ひひ……っ、いいよ……、吐き出せ」

飲ませてやらない。

でろり。セツは、口中の泡だった精液を両手の平に吐き出す。

「……その手で、オナって」

「はい」

「ちゃんと、よく見えるように」

躊躇《ためら》いもなくセツが自慰を始める。スイは欠伸《あくび》をして、テレビでも眺めるようにぼんやりとそれを見つめる。時々、セツの手ごと、足の裏で踏みつける。

セツは、性器と内腿《うちもも》のあたりを顯《あら》わにしたスイの、その肌だけで、極まることができる。匂《にお》いでも、髪のひと筋でも、口中に残ったほんのすこしのスイの味でも、唇に残るスイの性器の感触でも、耳朶《じだ》に残るスイの甘い声音でも、なんにでも欲を見い出し、果てる。

「いっぱい出せたら、お掃除フェラさせてやる」

「……っ、ありがとう……、ございます……」

「……っはー……もう…………あーぁあ……かわいそ……」

足の裏がくすぐったい。太い陰茎の血管がびきびきして、どくどくして、熱くて、ぬるぬるして、セツが、スイの足ごと手のなかに包んで上下するから、足が攣《つ》りそう。

そんなの見せられたら、スイもまたもよおしてしまう。

「セツはいいこ」

なんでも言うことを聞く、立派なオスの奴隷。

ミタテと同じくらい強いのに、ミタテよりもずっとスイの言うことを聞く。

それに、この奴隷、スイの思考を先読みして、スイの希望を慮《おもんぱか》って、スイの為だけに働く。

だからきっと、トヨアキのことも、あの女のことも、スイがどうこう命令せずとも上手に処理する。

この奴隷は、スイのことが大好きだから。

愛しているから。

知り合ってから、たったの一度たりとも、その立派な陰茎を使わせてやったことはないけれど……。一度たりとて、この穴を使わせてやったことはないけれど……。

このオスは、スイに種をつけたいが為だけに、従うのだ。

一生、抱かせてもらえないとも知らずに。

＊

夜明け前にイヅヌ島の御神事が始まった。

年に一度の、鬼天狗《おにてんぐ》の例大祭だ。

「とよ、神事が終わったらきちんと説明することがある」

トヨアキは、布団のなかでミタテの話す声を聞いた。

あんなふうに乱れた手前、合わせる顔がなかった。うん、とか、うぅ……とか返事のような唸《うな》り声を返すと、朝支度を終えたミタテに布団を半分めくられる。

「日暮れ前にすこし時間が空くから、そしたら夜店に連れてってやる」

「……いかやきある？」

「あるんじゃないか？」

「わたあめと、スロットと、みるくおせんべと、射的は？」

「あるな」

「じゃ、待ってる」

ふにゃふにゃの甘ったたれた声。ちょっとかすれてて可愛くないけれど、ミタテは、それさえ愛《いと》しいと言われんばかりにトヨアキの寝癖を撫《な》でて、唇を重ねてくれる。

不愛想な表情の、その目尻《めじり》がふわりと綻《ほころ》ぶのが、夜の余韻を残していて色っぽい。

今生の別れでもないのに名残惜しくて、離れ難くて、敷布団の上で重ねた手と手を絡ませて、ミタテの携帯電話の音が鳴るまで、ずっと、何度も、啄《ついば》むように唇を合わせる。

「……シンタから電話だ」

「遅刻するって？」

「スイが来ないから迎えに行って欲しいそうだ。シンタは立てこんでるらしい」

「そっかぁ。気をつけてね。……いってらっしゃい」

「あぁ、いってくる」

ミタテの匂いが残る布団に包《くる》まって、部屋から見送った。

ミタテは、いつも通り、シャツとズボンという身軽な恰好《かっこう》で仕事へ向かった。

神事に参加できるのは島の人間だけだ。トヨアキが参加してしまうと、島の人間になったことになり、元の世界へ帰れなくなるらしい。神様の都合はトヨアキには分からないから、そのあたりの判断はミタテに任せて、おとなしく家で待つことにした。

そうして、一人で暇をしていると、おやつ時に、ヤスチカが縁側から顔を覗《のぞ》かせた。

「にぃちゃんだぁ……どしたの？」

「うん。お祭り、一緒に回ろうかと思って……」

珍しく、ヤスチカにしては歯切れの悪い誘い方。

トヨアキがまたぶっ倒れやしないかと、心配そうだ。

「俺、おうち出ちゃダメってみたてさんに言われてんの」

「そっか。でも、俺と一緒なら大丈夫じゃないか？」

「うん、でも、みたてさんに聞いてからにする」

「じゃあ、にいちゃんが電話してやるよ」

ヤスチカは自分の携帯でミタテに電話をかけ、それをそのままトヨアキに渡した。

「もしもし、みたてさん？　……うん、そう。にいちゃんとお祭り行っていいかなぁ？

……ん、分かった、気をつける。じゃぁね。……はい、にいちゃん、ありがと」

心配性のミタテから了承をもらい、ヤスチカへ返す。

「お前、ミタテ君の言うこと、すっかり信じてるんだな」

いままでは、「にいちゃんの言うことが正しいから、にいちゃんの言うことを信じる」だったのに、いまは「みたてさんに聞いてから」に変わった。

「だって、みたてさんは俺の面倒見てくれる人だからさ」

「……そっか」

「うん。……じゃ、お祭りいこ？」

ミタテが買ってくれたサンダルを庭先でつっかけて、表へ出た。

門を出て、坂道を十歩もくだったところまで歩いて、トヨアキが立ち止まった。

いつも早足で、大きな歩幅で歩いていた兄が、後ろになっていた。

「あー……ごめんねぇ、にぃちゃん」

小走りで坂道を引き返してヤスチカの隣に並び、手を繋いだ。

「とよ？」

「坂道、危ないし、人の多いとこ行くから一緒に行こ」

すこし驚いた表情のヤスチカにはにかみ笑い、その歩調に合わせて歩く。

ゆっくり、ゆっくり。自分に言い聞かせて、早足にならないように気をつけて、坂道や砂利に足を取られないようにして、そろりそろりと歩く。

「とよ、もうちょっと早くても大丈夫だ」

「そうなんだ？　なんか怖いってぇ……転ぶ時は俺のこと下敷きにしてね」

「しないよ。そんな可哀想《かわいそう》なこと」

「手、繋いでたら歩きにくい？　腕のところ持つ？　ちょっと屈《かが》む？」

「屈まなくていいよ。久しぶりに手を繋いでるんだから」

トヨアキのほうが背が高いから、肘《ひじ》を曲げて、手を繋ぎながら腕も組んで歩く。

ヤスチカは思わず、「お前は小学生の時から体が大きくて、それで、手を繋ぐようなこともあんまりしてやらなかったもんなぁ……」なんて昔話を始めてしまう。

「恥ずかしいから昔のこと言わないで」

「でっかい図体してるくせに、びゃあびゃあ泣く奴……ってからかわれて、ランドセル引きずって帰ってきたの覚えてる」

体の大きさでばかり判断されて、中身は赤ちゃんみたいに可愛くて、可愛くて……。

でも、それから数年後には、ヤスチカは自分一人の自由を選んで、「にぃゃん、いっちゃうの……」と泣いたトヨアキを置いて家を出た。

「そこ、にぃちゃんが責任感じることじゃないってぇ。ほら、もっと明るいこと考えなよ。赤ちゃんによくないしさ。……そうだ、俺、今日はお財布持ってないからよろしくねぇ」

「いかやき？」

「それはみたてさんと食べるんだ」

「わたあめと、スロットと、みるくおせんべと、射的は？」

「それもみたてさんと一緒にするって約束した」

「……にぃちゃん、ちょっとかなしい」

「なんでぇ？　りんご飴《あめ》と人形焼き食べるのと、金魚すくいとスマートボールは、にぃちゃんと一緒にやったげるよ？」

「にぃちゃんの好きなもんばっかりじゃゃん」

「おれ、にぃちゃんのこと好きだもん」

「……そっか。まだ、好きでいてくれるか」

「ずっと好きだよ？　変なこと言わないでよ。……あー……そっかぁ、俺が倒れちゃったから、にぃちゃん気にしてるんだ。……ごめんね？　ちょっとびっくりしちゃってさぁ……ほら、俺、馬鹿だからさぁ、こっちに来てから驚くことといっぱいあって、どうしていいか分かんなくなったんだ。……でも、にぃちゃんは悪くないんだよ？」

ヤスチカと目を合わせられず、矢継ぎ早に喋りながら、足下ばっかり見て歩く。

時折、浴衣《ゆかた》を着た子供やおじいちゃんなんかとすれ違うたびに頭を下げ、それでもっと目線が下がる。坂をくだるにつれ、すこしずつ増えてくる民家を救いとばかりに眺め、今日は、どこの家も、門前の護符を剝《は》がしていることに気がつく。

「とよ、お前は何も悪くないし、馬鹿じゃない。……そりゃ、勉強はちょっと苦手かもしれないけど、暗記物は得意だし、運動も音楽もいつも一番だし、バイトも一所懸命だ」

「俺、とろくさいからさぁ」

「のんびりゆっくりしてるお前が可愛い……ってミタテ君が言ってた」

「わぁ……はずかしい。……にぃちゃんとみたてさん、そんなこと話してんの？」

「ちょっとだけな。……いままでは、俺だけがお前のいいところを知ってるし、俺だけがお前のこと守らなくちゃ……って思ってたけど、もう違うんだなぁ……って、ミタテ君と話してて思い知った」

「俺は、にぃちゃんがいてくれたからさみしくなかったし、不安とかなかったけど、……

にぃちゃんには、相談相手も、にぃちゃん以上の大人も、頼る相手もなかったんだよね」

「……大人だからな」

「ごめんね……、俺、こっちに来てからしか、そういうの気づかなかったし、人に言われなくちゃ分かんなかった」

「お前に気づかれたくなかったしな」

にぃちゃんはなんでも完璧《かんぺき》、なんでも正しい、なんでもできる。

ずっと、そう思われたかった。

だから、本当ならトヨアキに相談できることがあったのに、二人で考えればいいことがあったのに、どんな些細《ささい》な弱音も、「疲れた」というひと言も、漏らさなかった。

トヨアキはトヨアキで、親のいない不便な生活にも文句を垂れず、バイトや家事をして、ヤスチカがクリーニングに出したシャツを忘れていても「学校帰りに取ってきたぁ」と気を回してくれて、ヤスチカがさみしくならないように明るく振る舞ってくれて、せめて兄だけは家族として繋ぎ止めていられるよう頑張ってくれていた。

トヨアキの思いやりが手に取るように分かったから、まだ子供だから、大人の気苦労なんか味わわせたくなかった。

かつてのヤスチカは、家族仲が日に日に悪くなることに気づいていても「まぁ大丈夫だろ」くらいに考え、深刻に受け止めることも避けて、早々にあの家から逃げた。

そのことで後ろめたさもあった。だから、二人で暮らし始めてから、余計に兄として頑張らなくては……と思い詰めた。

「でも、お前と暮らすことにストレスはなかったんだ」

「俺も、お父さんお母さんといるより、にぃちゃんと暮らしてた時が好きだった」

ただ、お互いにお互いを気遣いすぎて、本音で話し合えなくて、あのままでいたくて、必死に無理をしていた。そういうことは、早晩、破綻《はたん》するのに、二人だけの閉じた空間で、必死に、お互いに、いまを守ろうと頑張っていた。

「俺、にぃちゃんの決めたこと、もう怒ってないから。それに、怒ったり、ギスギスするより、にぃちゃんとこうやって歩いて、話ができるほうが幸せだから、仲直りしたい」

「……ごめん、お前のこと巻きこんで」

「もし、次に俺のことで大きいこと決める時は、俺の意見はちゃんと聞いてね？」

「そうする」

「あー……やっとにぃちゃん笑ってくれたぁ」

トヨアキに許されて、それでようやっとヤスチカの頬《ほお》が綻んだ。

「本当に、ごめん」

「いいよぉ、にぃちゃんのやること、いっつも俺の為のことだもん。……なんも間違ったことしてないし……それに、最終的にはこんな幸せになってんだもん」

にぃちゃんがいなくなって、捨てられたって思うより、全然いい。

自分を捨てて兄が失踪《しっそう》したという結果だけ残されたまま、そう思いこんだまま真実を知らず、おめでとうも言えず、残りの長い人生を後悔や苦悩で過ごすより、ずっといい。

「いま、幸せなんだ？」

「…………んー……えぇ～～……？　いま、俺、そう言った？」

「うん」

「じゃあ、そうなんだと思う」

まだ引っかかる部分はたくさんあるけれど、ヤスチカにここへ連れてきてもらわなければ、ミタテに会えなかった。

好きな人を、見つけられた。

それは、しあわせだと思う。

「嫌いになるとこばっかり見てたから、好きになるってしあわせだね」

誰かが誰かを嫌うところばかり見てきたから、自分も誰かを嫌いになるのは簡単で、好きになるのは難しいと思っていた。他人の感情がよく分からなくて、もしかしたら嫌われるかもしれないと思うとこわかった。想いが必ず通じ合って、いつまでも仲良くしていられるとは思わないから、好きになることが、こわかった。

「いま、しあわせだと思う」

「もっと幸せになっていいいんだよ」

「このままでいいや」

「……ミタテ君には、好きの見返りを求めていいと思う」

「いらない」

いまが、一番しあわせだから。失恋もせずに、嫌われもせずに、恋していられるんだから……このままでいい。もしかしたら、傍《そば》に寄って、一緒に暮らして、毎日顔を合わせていたら、ケンカしちゃうかもしれないから。

人を好きになるって、しあわせ。

両想いになるよりずっと、悲しいけど、しあわせ。

＊

吉日のイヅヌ神社は、よりいっそう美しい。

本殿は掃き清められ、注連縄《しめなわ》を新しくされ、錦糸で縫いとられた装飾品で彩られ、金銀細工の設えも磨かれ、威風堂々たる佇まいを誇る。

神職に携わる高位の天狗は、白に近い灰銀の衣冠《いかん》姿で、身動きをするたびに、銀糸がきらめき、風に乗るようなその見事な所作振る舞いに、目を奪われる。

お神輿《みこし》も出て、それを担いだまま小舟に乗せて海にも入れば、それこそまるで宝船。金銀の箔《はく》が海面や太陽に反射してきらきらとまばゆく、跳ね返る飛沫《しぶき》も眩《まぶ》しく、絶えずお囃子《はやし》が奏される。お神輿は、海と山を往復するように島を巡ったらしいが、トヨアキは見ることが叶《かな》わなかった。来年は見れるといいな……なんてことを考えて、来年もここにいる前提の自分の考えがくすぐったくて……馬鹿馬鹿しくて……笑った。

神社の境内では、各家庭をこの一年守った護符のお焚《た》き上げが行われ、新しいものを授かり、自宅の神棚へ上げる。そのあと、また玄関先に己の天狗羽で打ち留め、掲げるのだ。

ここは、斎隠島大天狗三隠坊ヶ一門也、と。

「とよ、ほら見て、三人があそこにいる」

「どこ？　……あ、ほんとだ、いた」

ヤスチカと一緒に、潮の引いた砂浜へ下りて、本殿を遠景に見やる。

背後に須斎山を負い、前方に遠浅を臨み、乾き始めの砂地に佇む朱塗りの本殿で、角のある天狗が祝詞《のりと》を奉納していた。

姿形は遠けれども、三鬼天狗《さんきてんぐ》の声が、波間に揺蕩《たゆた》う。

これを見せてくれないなんて、ひどい。こんなにきれいなもの、一生に一度、見られるかどうかなのに……、家にいたら見逃すところだった。

「……あれ？　もう終わり？」

「今日は夜明け前から夜更けまで、何度もあぁして短い祝詞を繰り返すらしいよ」

「俺、みたてさんから何も聞いてない」

「きっと、訊《き》いたら答えてくれる。ミタテ君は心配性だからあまり喋らないだけで……」

というか、支配的で、独占欲が強いほう。

だから、色んな話を聞かせて、トヨアキがそれに興味をもって、あちこちへ行ってしまうのがこわくて、そのまま逃げてしまうんじゃないかと気を揉《も》んで、それで、ついつい可愛い子は閉じこめがち。あの男は囲いたがりなのだ。……と皆まで言わずに、ヤスチカはトヨアキの手を引いて、砂浜を踏みしめた。

「にぃちゃん、……ケンカしてるっぽいから、そっち行かないほうがいいよ」

「あれはケンカじゃないけど……ちょっと遠くから見てようか」

社殿の上手奥、お白洲に若い衆が集まっている。

あそこだけは、喧々囂々《けんけんごうごう》。血の気が多く、血気逸《はや》る若い天狗が、羽も隠さず、一本角も隠さず、褌《ふんどし》一丁かそれに近い恰好で睨《にら》み合っている。

二の腕に、ウかサの文字が朱墨で書かれ、一触即発。

今日は、ウツノ町とサツノ町が、真っ向勝負で正々堂々とケンカをしかけられる日だ。

「わざとケンカすんの？」

「そうなんだって。わざとあぁしてケンカして、嫁の奪《と》り合いをして、山寺と神社の守護に分かれたりして、普段から相容《あいい》れないでいるのも、ぜんぶ御神事なんだって」

　ウツノとサツノは、けっして仲が悪いわけではない。

　ただ、お互いの守護する領分について、己が力を誇示する為に棲み分けをしているのだ。

　同じ三隠坊天狗ではあるけれど、それぞれの生まれに誇りを持ち、互いの領分をきっちりと自覚して、時に混じり合い、時に助け合い、時に闘争によって高め合う。

「頃合いを見てシンタが取り成して、それをスイ君に奉納するまでが、ひとつらしい」

　円を敷いた白洲の上で、一対一で力比べだ。

　この一年の修練の成果を披露し合う。いざ尋常に取っ組み合う前に、まず威勢を誇るのかして、トヨアキたちの耳まで漏れ聞こえるのは、若い天狗による言い争いだ。

「こっちには郵便局あるんだぞ！」

「そっちには銀行ねぇだろうが！」

「お前んとこの郵便物配達してやんねぇぞ！」

「うっせぇ、郵便局員！　お前の銀行口座凍結すんぞ！」

「そんなこと言ってたら、幼稚園のお迎えの時、俺んちの前の道路使わせねぇぞ！」

「小学校の遠足でうちの領地の公園使わせねぇぞ！」

「童貞が！」

「独身が！」

「あ、俺は去年、嫁さんもらったから……」

「抜け駆けしやがって！」

不毛な言い争いをしている。でも、きっと、本当に、口から出たような意地悪はしない。いがみ合うのも出来レース。それでも楽しそう。見ているこちらが微笑《ほほえ》ましさを感じるのだから、この祭は平和だ。

「なんか、かっこいいのかよくないのか、分かんないね……」

「ね……。あ、ほら、ミタテ君が前に出た。セッさんと見合ってる」

「ほんとだ。わぁ……さっきのきれいな着物のまま先頭にいる……腕まくりして、裸足《はだし》って……ほんとにケンカする気じゃんか」

「神社を守るウツノの代表がミタテ君で、山寺を守るサツノの代表がセツさんっていう男の人らしいんだけど……」

「絶対に参加とかしたくないけど……、みーたーてーさーん……！　がーんばってー!!」

ぶんぶん手を振って、飛び跳ねる。

ミタテが背後を振り返り、手を上げて応《こた》えた。

「いいな……ミタテ様……可愛い嫁さんできて……」

「俺、こないだ、あの子に挨拶《あいさつ》されたんだけどさ、にこにこ笑ってて可愛かった」

「俺んちの子供が遊んでもらったらしい。うちの嫁さんも素直ないい子だって褒めてた」

「うちのじいさんの長話にもずっと付き合ってくれてさ……」

「えぇ嫁さんが来たなぁ……あの兄弟は、ほんと……えぇ嫁だなぁ」

「おい、あんま褒めんなよ。ミタテ様とシンタ様がすごい顔してこっち見てる」

「天狗は独占欲強いからなぁ……」

ミタテとトヨアキのやり取りを目の当たりにして、独り身の天狗が方々で溜《た》め息をつく。

ミタテはミタテで、トヨアキが見ているならば負けてはいられないと一段と気合も入り、対するセツも「勝たなきゃ死ね」とスイに言われた手前、勝つしかない。

「あー……最後は、やっぱり……殴り合うん？　だ……？」

「お相撲ぐらいで終わってくれたらいいんだけどね……」

「なんでみたてさんとセツさんは、天狗の恰好でしないの？」

「本気でやると死んじゃうからだって」

「腕力勝負だし、脳味噌《のうみそ》筋肉だし……神様なのにすっげぇ泥臭い……あ、飛んだ」

ミタテが、屋根の上まで飛ぶ。軽く地面を蹴っただけで、目で追いかけるより速く神社の屋根瓦《やねがわら》に立つ。セツがそれを追いかければ、ごろりと上空で雷雲が鳴る。

快晴の天に、雷樹が走った。竜巻に火がつき、流星のごとく光が落ち、あたり一帯を舐《な》めるように雷光で覆うが、熱さはない。風がびょうと吹きつけ、ざわつく山の木々が目に見えて大きく成長し、ぽん！　と芽吹いて花をつけ、島を彩る。

両者譲らず、時に己の技巧を駆使し、時に力任せに捻《ね》じ伏せる。

ひとつひとつの所作のたび、見学する島民からは歓声が上がった。

「千二百十三勝千二百十三敗五引き分けらしいよ。……とよ、口開いてる」

「はー……」

二人の姿を追いかけ、天を見上げたまま見惚《みと》れて、涎《よだれ》を拭《ふ》いた。

いつまで経っても決着がつかなくて、ミタテもセツも一歩も引かない。

あぁ、これは本格的に取っ組み合いにでもなるか……、決着のつかないことに焦《じ》れた若い天狗が衝突しそうだ……というところで、シンタが間に入った。

「はい、そこまで！　頃合いもちょうどだし、お前らがバカスカ雷やら風やら雲やら呼ぶからもう雨が降りそうじゃんか……ほら、この勝負、引き分けだ」

両者、矛を収めよ。

シンタのその言葉で、ミタテやセツは勿論のこと、全員が鎮まる。

「シンタはね、そういう役割なんだって」

「皆のケンカを止めるのが仕事？」

「そう。皆が仲良くやっていけるように間に立つのが仕事。かっこいいんだ」

「うん。そう思う」

だって、シンタの言葉を、皆がちゃんと聞き入れているから。

それだけ、シンタがこの島で信頼されて、シンタの言葉に重きを置いて、シンタの存在が大切だと理解されているということだ。そうやって、誰かの為に、皆の為に、場を丸く収めることができて、調和を保てる人っていうのは、とても、かっこいいと思う。

兄弟二人して、互いのオスに惚《ほ》れ直す。お互いにそれがなんだか気恥ずかしくて、にへらと笑い合い、ぽつぽつと小雨が降り出したのに合わせて軒下へ移動した。

ミタテが喚《よ》んだのか、セツが招いたのか、太陽はあっという間に暮れ始め、曇天が広がり、イヅヌ島に暗い翳《かげ》を落とす。その頃には、引いていた波が戻り始めて、神社の裾《すそ》は海に沈む。たぷ、とぷ……と寄せては返す波に、隠れていく。

夕暮れ時は、逢魔《おうま》が時《とき》。

周囲は、自分と兄以外、皆、影に角がある。

＊

小雨が本降りになった。しとしとと雨はざぁざぁ降りとなり、やがて篠突《しのつ》く雨となり、ごろごろと雷鳴が轟《とどろ》き、海から天へ雷樹が駆け昇る。そうして、昼間の喧騒《けんそう》もすっかり滋雨に流された頃、再び、神社の本殿に鬼火が灯《とも》った。その鬼火は、山裾から神社、そして海辺まで、ずらりと並ぶ雪洞《ぼんぼり》の数だけ、無数に揺らめく。

この雨も、風も、雷も、この神事の当然の姿のようで、誰も傘を差さないし、雷に怯《おび》えて軒先へ避難もしないし、驚きも叫びもせず、言葉も発しない。

それこそ、息をするのにも気を遣うような、静謐《せいひつ》。

夕暮れから月夜へ移り変わるほんの一瞬。

大降りの雷雨が霧雨に変わった頃、粛々とした神事が、本殿で執り行われた。

あの、神様の寄り合いだ。

白く、眩しく、目を眇《すが》めても直視できない、輪郭の不確かな光景。

スイと、ミタテと、シンタ。三鬼神三天狗が、密《ひそ》やかに言葉を交わす。

実際には、唇も動いていないし、頬の表情筋はひくりともしない。伏せられた睫毛《まつげ》に触れた霧雨が、小さな小さな雫《しずく》となり、長い長い時間をかけて一粒の真珠のように落ちる。

そんな長い時間を経ても、瞬《まばた》きひとつせず、唇のひとつも震えはしない。

けれども、いま、彼らはこの島の先行きや、天候、五穀の豊穣、島民の無病息災を決めている。何が起こって、何が起こらないで、何を避けて、何に立ち向かうべきか、角のある天狗が、全《すべ》てを決める。

それが終わると、三天狗が薪能《たきぎのう》を奉納する。

神様へではなく、島と、山へ、奉じるのだ。

だって、この人たちは、この人たちが神様だから。

社殿には、高舞台と能舞台のふたつがある。高舞台には、屋根も庇《ひさし》もない。吹きっ晒《さら》しの海上に張り出た舞台だ。人の背丈ほどもある青銅の灯籠《とうろう》の、その篝火《かがりび》だけが燃える。

スイが社殿の下手から現れ、橋懸《はしがか》りから高舞台へと進み、独りで舞う。笙《しょう》も篳篥《ひちりき》も、笏《しゃく》も箏《そう》もないのに、神楽が聴こえる。

音が、ない。着物を引きずり、足をすり、飛び、跳ねる。何をしても、音が、ない。

ミタテとシンタが、音のないスイのそれに混じる。

彼ら三天狗は面をつけない。

鬼天狗に、この上、さらになんの面をつける必要があるというのか。

背骨と肩甲骨が変形し、鬼骨が膨れ上がり、撓《しな》る両腕を羽毛が覆い、銀翅《ぎんし》に生え変わる。頬の表や、首筋や、手足の甲から、鱗《うろこ》に似た固い鬼の皮膚が走る。秀でた額や耳、頭蓋《ずがい》の形が歪《ゆが》み、捻《ねじ》れた角が二本ばかり姿を現す。スイは額の中央と合わせて三本で、骨のような、金属のような、宝石のような、不思議な質感をしている。顎《あご》まで裂けた口角から二本ばかり牙《きば》が覗き、猛禽類《もうきんるい》の爪《つめ》が空《くう》を掻《か》き、床板を踏みしめる。裾を捌《さば》くように尻尾《しっぽ》を捌き、彗星《すいせい》の尾を引く。その光は闇夜《やみよ》で鬼天狗を追いかける唯一の手掛かりとなる。

シンタは陣扇を携え、ミタテは大刀を佩《は》く。

人の姿で踊っているはずなのに、鬼に似た天狗の姿が重なって見える。鴉《からす》天狗が鴉に似た面立ちを成《な》すように、鬼天狗は鬼に似た面立ちを顕わす。

神楽のせいか、頭のなかで永遠と音が反響する。見る箇所が多すぎて、瞳は熱っぽい。聴覚と視覚からの情報はパンクしそうなほど入ってくるのに処理できず、持て余す。走ってもいないのに息があがり、心臓はとくとくと忙《せわ》しなく、胸はいつまでも高鳴り、己の心臓を摑んで落ち着けたいのに摑めず、爪先《つまさき》を動かすことさえ己の意志では罷《まか》り通らず、意味もなく涙が溢《あふ》れそうになる。

こわいからやめて、と言いたくなる。いつものみたてさんがいい、と叫んでしまいたくなる。その場にしゃがみこんで、眼を閉じて、耳を塞《ふさ》いで、大声で叫んでしまいそうになる。きれいが過ぎてこわいから、やめて欲しい。そう、泣きたくなる。

なのに、ミタテばかりを目で追いかけて、目が離せなくて、「あの人が、俺の好きな人なんだよ」と誰彼構わず自慢をしたくなる。まるで俗物のような醜い執着を見せたくなる。自分の物じゃないのに、自分の物のように振る舞いたくなる。

「……？」

高舞台の先、海面に伸びた白木の床板にスイが立つ。

あと一歩、いや、あと半歩でも踏み出せば、海中に堕《お》ちる。

高舞台の真下には、もう暗い水が迫っていた。海中で、社殿を支える柱に穏やかな波を打ちつけ、深く、深く、呑《の》みこみ……その足元をひたすら黒く塗り潰す。

スイの背後にミタテが立ち、スイの背を刺す。シンタが、扇でひと扇ぎするのと、ミタテが大刀を引き抜くのが同時で、スイはまるで紙のようにはらりと海に堕ちた。

高舞台では、ミタテとシンタが沈むスイを見下ろし、ミタテは己の大刀を海中に落とす。垂直に落ちた剣《つるぎ》は、海の砂とスイの体を縫い止めた。

どぷん、水はスイを呑む。

きれいなきれいなスイが、鬼のような形相で、諦《あきら》めたような形相で、沈む。

沈む寸前に、本性が見えた。

灰がかった銀の鱗が浮いた頬、同じ色味をした三本の角、銀翅の翼手、彗星の尾、白目のない眼球、縦に走った虹彩《こうさい》と瞳孔《どうこう》、いびつに歪んで嗤《わら》う鬼の容貌《ようぼう》。

シンタが水を呼ぶ。満潮が近く、目に見えて水嵩《みずかさ》は増し、スイの胸元へ迫り、顎下へ到達し、終《しま》いには背丈よりもずっと高い位置になり、とぷん。

水底に、沈む。

銀色のような、灰色のような、羽毛のようなその着物の袖が空気を孕み、海面に浮いていたが、ついにはそれさえ沈んで、落ちて、浮いて上がってくることはない。

殺すんだ。

スイを、殺すのが、この神事だ。

「……た、っ……すけ、な、ぃと……」

助けないと死んじゃう。そう思うのに、足が竦《すく》んで動けなかった。

背後で、花火が上がる。びくっと肩を竦めたのはトヨアキだけで、隣にいたはずのヤスチカはいなかった。はぐれたのかして、あたりを見回しても、姿がない。

さっきまでの静寂は嘘《うそ》みたいに、皆が普通の人間みたいに振る舞い始め、ビールや酒で乾杯をして、夜店の呼びこみを再開し、見事な神事だったと褒めそやし、人が一斉に動き始めて、人混みで眩暈《めまい》がしそうなほどの熱気が戻ってきて……誰も、海の底を見ない。

トヨアキは、人と人の隙間《すきま》を縫ってヤスチカを捜しながらも、スイのことを想い、海から離れた場所まで人の流れに流された。石垣に寄りかかって歩くのがやっとで、足元がふらつく。油断するとそのまま座りこんでしまいそうな、そんな熱が燻《くすぶ》っている。ミタテに抱かれた時の感覚の、もっときつい感じ。茹《う》だって、溢れて、溺れるような、感覚。

神さまにアてられた。

くらくらする。立ってもいられず、人いきれに圧倒されて、社殿の奥まった石階段に座りこむ。そのまま、どれくらいそうしていただろうか……、げし、と背中を蹴られた。

「邪魔」

「………スイちゃん」

「なんで、こんなとこいるんだよ。……ヒトが日暮れに出歩くな」

「生きてる」

「はぁ？」

「い、ぃきてたぁ～～……」

「……っ、き、もちわるい……っ！」

鼻水と涙でべしょべしょのトヨアキに抱きつかれて、全力で拒む。けれども、スイはその腕を引き剝がすことはなく、トヨアキの隣、階段に座りこんだ。

「よがっっだぁあ～～～……しんじゃっだど、っお、もっだぁ～～……」

ぎゅうぎゅう抱きついて、首に両腕を回して、頰ずりする。

「あー……アレ、あぁいう神事だから、俺、別に死んでないし」

「スイちゃん、生臭い……」

それに、まだ濡《ぬ》れ髪だ。シャツとズボンに着替えているけれど、それもすこし湿っていて、ひたりと冷たい肌に張りつき、体の線がいやらしいほどくっきりと分かる。

「生臭いんじゃなくて、海泳いできたから磯臭ぇんだろ」

この馬鹿、他人の心配ばっかりして、自分を殺そうとした奴のことなんか心配して、馬鹿みたいに泣いて、ほんと、なんてお人好しだろう。

「海、泳いだんだ？」

「海のなかの洞穴あるだろ？　満潮になったら、海底の神社から陸の本殿まで回廊で繫がんだよ。俺は自力で腹にぶっ刺さった剣を抜いて、本殿の池まで泳いで、そこでシンタの立ち合う前でミタテに剣を返す。そのあとは、夜明けまで百鬼夜行して神事は終わり」

「でも、刺されてた」

「ミタテの剣では死なない」

「そういうもんなんだ？」

「そういうもんなんだよ」

「神さま……ややこしい」

「ほんとにな」

だから、こんな馬鹿げたことは、早々に抜け出すに限る。

いつまでもくっついているトヨアキを引っぺがして、スイは立ち上がった。

「スイちゃん、どこ行くの？」

「酔っぱらったオッサンどもと一緒にメシなんか食えるか。それよか、お前はミタテといろよ。それとも、最後まで神事に参加するつもりか？　腹ボテの兄貴はどうした？　さっきまで一緒にいたの知ってるぞ。……あぁクソ、とっとと戻れ」

「今日のスイちゃん、やさしい」

「うっせぇよ」

「でもさ、俺、ちょっとやることあんの」

「……？」

「お山へ行って、俺だけ帰してください、ってお願いするんだ」

だって、もう帰りたいから。

にぃちゃんと仲直りできたし、好きな人もできたし、向こうの世界に一人でいても独りじゃないって分かったから、帰ろうと思うんだ。

ミタテにはミタテの事情があって、好きな女の人がいて、愛し合って、スイが生まれた。トヨアキの体は子供を産んであげられないみたいだし、ミタテの好きな人の代わりにもなれないし、ミタテも子供は欲しくないと言っているし、トヨアキもそれでいいと思う。

トヨアキがミタテへ向ける好意と同じものが、ミタテからは返ってこなくていい。

もう、ここにいる必要はない。

この島の誰も、トヨアキの家族じゃない。なのに、トヨアキの望む家族の姿を見せつけられて、それを羨《うらや》ましいと思ってしまうような、そんな生活はしたくない。

わざわざ結ばれない恋をする為に、ここにはいたくない。

「お前、普通にそういう人間臭いこと考えるんだな」

「俺だって、それくらいの感情はあるんだよ？」

のんびりしてて、おっとりしてて、馬鹿で頼りないって言われるけど、悲しいこともあるし、見たくない現実もある。そして、これは、けっして誰かの為に身を引くとか、健気に振る舞うとか、そんなご大層なものでもない。そういうのは自分には似合わないし、自分はいつも誰かの相談に乗る立場だし、ケンカがあったら仲裁に立つ立場だ。

だから、自分が誰かと誰かの関係を引っ掻き回す役目になってはいけない。自分は一歩引いた場所から、ちゃんと観察して、見極めて、もう二度と間違わないようにすべきだ。

「俺が帰ったら、スイちゃんも満足するんでしょ？」

「それを頼みに、寺へ行くのか？」

「そう」

「それ、写真の女から聞かされたのか？」

「うん」

「……まぁ、ついてこいよ」

トヨアキの手を引いて、三段飛ばしで石階段を駆け上り、高台へ上がる。

「スイちゃん……？　うぉ、っ、お、お……っ⁉」

「お前、見た目より軽いな」

トヨアキをひょいと肩に担ぎ、背中に灰がかった銀の羽根を出す。

「ふわふわ！」

「触るなって！」

むずむずしてかゆい！

「えー……みたてさんはいっぱい触らしてくれたのに……」

「うっさい。甘えんな。……飛ぶから口閉じてろ、舌嚙《か》むぞ」

びょんと一足飛び。

天狗のスイに連れられて、山の頂上、その山寺へ。

＊

切り断った断崖《だんがい》を削り出した階段。岩肌に手をついて、そろりそろりとそこを下りて、ぐるりと覗きこまないと分からない位置に、その山寺の入り口はあった。

岩窟《がんくつ》を利用して壁面にし、楠《くすのき》で組んだ柱で支え、天盤に梁《はり》を渡し、真新しい五色の布を壁面に掲げた細い道が続く。ごつごつした道なき道の両端には、神社と同じ青銅の灯籠が左右等間隔に並んでいるだけで、薄暗い。

「おい、こっちだ」

スイに呼ばれて真っ暗の岩窟を進むと、開けた場所に出た。

白い石畳と、狂い咲きの桜と、灰色にくすんだ瓦葺《かわらぶ》きの古刹《こさつ》。軒丸瓦《のきまるがわら》や軒平瓦《のきひらがわら》、懸魚《げぎょ》といった細部は純金でちらちらとまばゆく、鬼瓦は角のある天狗の顔をしている。

石畳をまっすぐ進み、三段ほど階段を上がった先の本堂へ土足で踏み入る。

何もない、伽藍堂《がらんどう》だ。

「からっぽ……」

「そりゃそうだ。ここに祀《まつ》られてる神様は俺たちだからな」

ミタテも、スイも、シンタも、島のなかで生きて、動いて、生活をしているから、ここは空っぽ。代わりに、斎角島大天狗三隠坊心綻鬼神、斎角島大天狗三隠坊師前鬼神、斎角島大天狗三隠坊御楯鬼神、この三つの掛け軸が、この順番に並んで最奥に掛けられている。

そして、その三天狗の不在を守るように、大上界三竜拝進教殺君鬼神ヶ守護と血文字で記した扁額《へんがく》が一枚掲げられていた。

「お、おぉ、うぇ……かい……みっつ、りゅう……」

「だいじょうかい、みたつ、はいしんきょう、せっくんきじんが、しゅご」

スイがうんざり気味に訂正を入れた。

「スイ様」

「……う、ぉ、ぉお……どっ、どちら様で……」

気配がなかった。

トヨアキの背後に、ぬっ、と大きな影が立つ。

くすんで灰がかった金の髪と、灰青と碧の混じった瞳。異国の容貌をした鬼だ。目鼻立ちがすっきりとして、彫りが深く、表情筋はあまり動かない。

「それ、セツ。ここの守護……何度か見たことあるだろ」

スイは、トヨアキの手を引き、掛け軸のある奥まで進む。

「スイちゃん？」

「見ろよ、ここ……なんもねぇだろ？」

「帰りたいってお願いしても、だめってこと？」

「お前、騙《だま》されてんだよ、あの女に」

「……そうなんだぁ」

「お人好し。それどころか……あぁ、いいや……セツ、捕まえたか？」

「はい」

セツが薄暗い堂の片隅まで歩き、虚空《こくう》へ手をかざす。

びゅうと風が吹き、ばたん！　と廟堂《びょうどう》の格子戸が大きく開閉した。トヨアキが目を閉じ、次に目を開くと、銀灰の炎がぽつぽつと灯り、堂内全体を照らしていた。

あの日傘の女と、身動きを封じられた天狗が五人いた。

天狗たちは、意識はあるが動けないのかして、怯えた表情でスイに、「申し訳ありません、この女に惑わされました」と頭を下げる。

唇を尖らせた女は、今日は薄物の着物という涼しげな出で立ちで、不貞腐れている。

「こいつらは、この女が用意した男だ」

「あーちゃんが？」

「……あ、……あー……？」

「あめのなんちゃらちゃんって名前だって言ってたから、あーちゃん」

「……あー……そう、それでいいやもう。……その女が、そいつらを使って、お前を襲わせようとしたんだ」

特定の天狗の子を孕めなかった外の人間は、種がつくまで島内の天狗たちに犯され続ける。子が生まれて、孕んだのがサツノの種かウツノの種、そのどちらかが判明したら、そちらの土地で暮らすように強制される。

「ま、孕みにくいお前も、五人もいればどれか当たるんじゃねぇの？」

「天狗は百発百中？」

「繁殖力はあっても俺やお前みたいに畑が悪けりゃどうしようもないけどな。……セツ」

「……？　セツさん？　どうしたの？　なに？」

無言のセツにひょいと抱えられ、天狗たちの転がる片隅へ放り投げられる。

セツの足踏みひとつで、自由を奪われていた彼らは呪縛《じゅばく》を解かれ、動きを取り戻した。

「そいつを孕ませた奴は、殺すのだけは勘弁してやる」

スイが言うなり、五人の天狗がトヨアキに群がった。

服に、髪に、太腿に手がかかり、強い力で肩を押さえて圧《の》しかかってくる。

「……スイ、ちゃん……？　えっとさ……俺が襲われるはずだったの、助けてくれたんだよね？　なんで、こんなことすんの？」

圧しかかる男たちの体の隙間から、スイを見やる。

スイはトヨアキの傍まで歩み寄ると、地面に押さえつけられたその頭を踏みつけた。

「お前みたいなの、嫌いなんだ」

しゃがんで、靴跡のついたトヨアキの顔を逆さに覗きこむ。

「知ってるけど、それ、何回も聞いたけど……っ」

「こわい？」

「そりゃ、っ……ちょ、……やめっ、やめ、ろって！　触んな……っ！　スイちゃん、やめさせて！　これ、この人たち、本気で、俺のこと……っ」

服を剝《む》かれ、股《また》の間に割って入る男を慌てて蹴り返す。

「トヨアキ、こっち見て」

「……っ、見てる……暇なんか、あっ……ぃ、たい……触るなって！　触るな!!」

スイに返事をして、腰を持ち上げる男を蹴って、骨が軋《きし》むほど別の男に押さえこまれて、スイに、キスされる。

「ん、っン―……、んぅ、ぅぁ……、ぅ！」

「独りじゃこわいだろ？　混ざってやるよ」

「……は？」

なに言ってんだ、こいつ。

なんで、そんな、こんな……。

「お前と、……お前でいいや」

男を二人呼び寄せて、体を触らせて、キスをさせて、勃起した股間《こかん》を撫でてやる。

男は血走った眼でスイに群がり、白い耳を舐め、細首を齧《かじ》り、服を脱がせようと必死になってズボンのベルトに手をかけて、焦るあまり指先を上手に動かせずにいる。

「ほら、お前はこっちおいで、手コキしてやるから」

先走りの滴る陰茎を摑まえて、くちゅくちゅ、にちゅにちゅ。きれいな指で、扱《しご》く。

余った口で別の男を咥え、それに煽られた他の男たちが生唾《なまつば》を呑み、行き場をなくした熱を、スイの髪や脇《わき》に擦《なす》りつけ、腰を揺する。

「……ひ、ぅ」

それを、トヨアキの目の前、零距離《ゼロ》で行う。

ぼた、ぼた、と、口淫《こういん》の雫がスイの顎先を伝い、トヨアキの唇へと落ちる。

「けがらわしい……」

それまで黙っていた女が、吐き捨てた。

「かあさま、アンタにそっくりの息子だ、まぁそう嫌うな」

薄笑いのスイは、精液まみれの手で女の足首を摑み、引きずり倒す。

「触らないで!」

「んっ、ふふ……ふぁ、あっ、あ……こら、待て……待て、待て！」

勝手に挿入しようとした男の顔面を、スイが殴る。

殴って血のついた手指で、女の頬を撫で、唇に血紅を引いて、嗤う。

「気色の悪い子……」

「知ってる。……ほら、かあさまにも、きもちのいいことしてやるよ。……俺、後ろに入ってないと射精できないから、ちょっと待ってて。……トヨアキも……、喰《く》い殺されたくなけりゃ、いい子で種つけてもらいな」

にちゃりと口端を吊り上げ、角を出して笑う。

「いっ、ぃやだ……つってんだ……ろっ、ぉ!?」

声が上擦って、暴れたいのに、恐怖で自由がきかない。

「いやでもやれ」

代わる代わる犯されて、腸《はらわた》が真っ白になるまで汚されろ。見知らぬオスの子種汁で膨れあがったその薄い胎《はら》が、破裂するのが先か、孕むのが先か……そんな未来に怯えろ。

「み、みたてさん……みたてさん、以外は、気持ち悪い……っ！」

「その、ミタテで孕めないくせに……っん、ぁ……あっ……」

スイは、男に自分の尻を解《ほぐ》させ、あまり気持ち良くなさげに喘ぐ。

「す、スイちゃんも……やなんだろ？　知らない人で、は、はらむ？　の……！」

言ってたじゃん。

知らない人の種で孕まされるのはいや。でも、知らない人と番《つが》わされる運命。でも、知らない人に犯されて、孕まされて、添い遂げさせられるくらいなら、ミタテにしてもらいたい。自分の意志とは無関係の相手をあてがわれるのはいや。

「ひ、人にされていやなことは、よその人にもしちゃダメだって！」

「あっ……ははは」

「なんで笑ってんの！」

「どうせ……好きでもない男の種で孕まされるの決まってるし、どうでもいい」

「セツさんどうすんだよ！」

「……はぁ？」

なんで、いま、その名前を出す？

「だ、って……そこで、スイちゃんのこと見てる……」

スイが他の男の手垢《てあか》で汚《よご》れていくのを、いやそうに見ている。

表情はちっとも変わらないし、不平不満も垂れないし、何も考えていないような顔をしているけれど、絶対に、スイから目を離さない。スイが痛い目に遭うようなら、スイが「やめさせろ」とセツに命令したなら、いつでも助けられるようにしている。

「そう、俺が言わなきゃあいつは何もしない」

「……なん、で」

「俺の奴隷だから。……なぁ、セツ？」

「誰の子を孕んでも、俺が面倒を見ます。……ご安心を」

「ほらな？」

「……まち、まっ……間違ってる!!」

「知ってるよ、そんなこと」

「たっ、助けてって言いなよ……！　好きな人は頑張って自分で見つけるって言いなよ！　……みたてさんが欲しいなら……その、半分こして……あげることはできないけど……」

「だから、どうにもなんないんだよ」

だって、ミタテは俺のこと好きじゃないから。

ミタテは、お前のことが好きだから。

俺は、誰のことも好きになれないから……。

「だからって俺に八つ当たりしないで！」

「……痛《い》ったい！」

頭突きされて、スイがもんどりうつ。

この石頭！　と怒鳴りつけ、トヨアキの首に手をかけた。

「う……ざ、ぃ！　この、わがままっ！　ばか！」

「馬鹿に馬鹿って言われたくねぇよ！　そんで、テメェはさっきから人のケツ舐めんな気持ち悪い！」

尻にまとわりつく男を、後ろ脚で蹴りつける。

苛立《いらだ》たしい、腹立たしい。

スイの感情に呼応して、廟堂の外に雷が落ちた。怒り任せに、翼手でトヨアキの顔を押し潰し、羽毛で呼吸器を塞ぎ、鱗の浮く頬から牙を剝き、ぎょろりと獲物を探して眼球を三百六十度に巡らせ、螺旋《らせん》を描く角も大きく太らせ、どしん、と竜の尻尾で地面を叩《たた》く。

「……おに、……てんぐ……、っ、と、りゅう……」

羽毛の隙間から、怒った神様が覗き見える。

「もうそうなったら、諦めるしかないわねぇ。久しぶりに大きな台風が来て、洪水になって、雷がいくつも落ちて、山火事が起きて、荒ぶるがままに天変地異が起きるわね」

女はしれっとそんなことを言ってのける。

その言葉を肯定するように、スイよりずっと立派な体格をした五人の天狗は、尻を丸出しにして、堂の隅に集まって震えていた。

「スイ様、やめてください」

「……………」

だん、とスイが地団駄を踏む。

セツの頬に、血が走る。スイは、その血を長い舌でべろりと舐め啜り、ぐちゅりと傷口に牙を立て、肉を抉《えぐ》る。あぐ、あぐ、噛んで、啜《すす》って、肉を食《は》み、吐き捨てる。

セツが、その視線で「いまのうちに逃げろ」と訴える。

「だ、め……だって……」

太腿《ふともも》にまとわりつくズボンを引き上げ、もたつきながらスイの傍まで寄ると、その手を引いた。両翼を広げると何メートルにもなるふわふわの羽毛の、滑らかな絹のような翼手をふわりと摑んだ。

ひどく冷たい、血の通わない、鬼の骨の感触がした。

「とよ、あき……？」

「……うん、そうだよ……スイちゃん……？」

あ、食べられる。

トヨアキを丸呑みするほどの、大きな鬼天狗の口吻《こうふん》。それが、がばりと開いて、真っ暗闇の深淵《しんえん》が見えた。暗い海の底のような、光のない、真っ黒の、救いのない世界。

「トヨアキ！」

「……！」

首根っこを摑んで、後ろへ引かれた。ぶれる視界の端で、ミタテに庇《かば》われたその腕の隙間から、セツがスイの口許《くちもと》へ腕を差し出し、その腕が喰い千切られるのを見た。

神様の血は、灰色だ。血液の表面に細かな銀砂の混じった膜を張った、灰色の血。どろどろのコンクリートのように流れて、皮一枚で繋がっていた腕が、ぼとんと落ちる。

「み、みたてさ……スイちゃん、っ……セツさんの、腕……っ」

「すぐ終わらせる」

「……お、終わらせる……って」

「スイ！」

ミタテが声を張った。

びりびり響く。鼓膜にも、頬にも、心臓にも…………圧が果てしない。

「あらやだ、あの人まで怒ってるわ」

女は着物の裾を整え、肩を竦めた。トヨアキが女のほうを振り返り、また、ミタテへ視線を戻すと、鬼天狗が一匹、増えていた。

「……っ」

べしゃん。腰が抜けて、座りこむ。

角のある四つ脚の狗《いぬ》がいた。

毛皮は、鈍い鉄黒色。角も、爪も、尻尾も、同じ色。鬼の面をして、尖った鼻先と嘴《くちばし》は、鳥と狼《おおかみ》の混じった異様な形をしている。岩窟の暗さと同じ闇をまとい、影はなく、四つ脚で立ち、尻尾は彗星の尾を引き、盛り上がった肩に羽が一対あった。

「あらやだ、寒いと思ったら……ミタテが蝕《しょく》を起こしてるわ」

女はぶるりと身震いをする。

廟堂の向こう、月明かりで仄明《ほのあか》るいはずの屋外が、真っ暗闇になっていた。

「ショク……ってなに？」

「月蝕よ。月を食べてしまうの。ミタテが怒るとあぁなるの」

「……い、いぬになって、月を食べるの……？」

「何を仰《おっしゃ》っているの？　……あれこそが天狗よ」

「だって……四つ脚だ……」

「天狗は、天翔ける狗《いぬ》と書くのをご存知なくて？」

「か、漢字は……得意じゃない……」

「そう、おつむの出来がよろしくないのね。なら、覚えてらっしゃいよ。鬼天狗は、あれが本性よ。鬼の面に、羽つき尾つきの四つ脚。あぁして、咆哮《ほうこう》ひとつで月を食み、陽を食み、天を炎で舐め、雷《いかづち》で焼き、大風で巻き上げ、地を割り、大水で洗い清めるの」

天狗星といえば、凶《まが》つ星のこと。

己を祀ることで鬼神とし、天狗神とし、吉兆へと変幻させる。

角と羽と尾のある四つ脚の鬼。

それがこの島の天狗。

「で、でも……スイちゃんは……角と羽と尻尾以外は人の形してるし……」

「だってあの子、処女で童貞ですもの。元服も済ませていないのに、四つ脚の本性なんて出せるわけありませんでしょ？　まだほんの童子ですわ」

「処女なんだっ⁉　あんなにえろいのにっ⁉」

あんなにべたべた知らない人にいっぱい触らせたりしてても、そうなんだ。

いや、それにも驚くが、それよりも……。

「島に雷を落としてどうする‼」

ミタテが吼《ほ》えた。ヒトの言葉を喋るのに混じって、もうひとつ、ミタテと同じ声質の神様としての声が重なり、鼓膜にびりびり響く。

守るべき島に危害を加えてどうする。守るべき島民を傷つけてどうする。守るべき戒律を破り、ヒトを傷つけてどうする。凶《まが》つ神《かみ》になり果てるつもりか。

「この、阿呆《あほう》がっ！」

「うるさい！」

スイが、牙を剥いて威嚇《いかく》する。

「黙れ！」

ミタテが言外に捻じ伏せる。

本堂の外で雷が落ちた。大木をばりばりと真っ二つに割り、地中まで雷が潜ると石畳を盛り上げて砕く。どろどろと地鳴りが続き、本堂の柱がミシミシと軋んで足元もぐらつく。

「み、みたてさ……こわ、っ……こわぃ、から、でっかい声はやめよ？」

「黙ってろ！」

またひとつ雷が落ちた。雨なんか降っていないのに、土を叩く雨音と匂いがして、格子戸を暴風が叩きつけ、ごうごうぼうぼう大火事のような熱気が皮膚を焼く。

たぶん、どれもこれも幻だ。

幻だろうが、到底、トヨアキの心臓には耐えきれない圧をかけ、目の前が燃えて熱く、全身がずぶ濡れになって冷たく、暴風に立ってもいられず、眼も開けていられない。

こわいからやめて、と声も出せない。

這《は》うようにしてミタテの傍に寄り、ぎゅう、と首に抱きつく。

そうしたら、ミタテが、その片翼でふわりとトヨアキを覆い隠し、箒星《ほうきぼし》のように淡く温かい尻尾を腰に巻きつけた。いつも、ミタテがその腕で抱くのと同じ温かさで。

「死んじまえ」

スイが、吐き捨てた。

たぶん、ミタテがそうしてトヨアキだけを抱きしめたのが、引鉄《ひきがね》だ。

びだん！　スイの尻尾が、地面を叩く。

ミタテとトヨアキの足下が、スイが沈んだ水底のように、沈む。

これも、幻覚だ。本当は、ここに水はない。けれども、匂いも味もしない海に沈められ、苦しい、暗い、重い。息もできず、真っ暗で、どろどろとまとわりついて、引きずりこまれて、もがくこともできず、喉を掻き毟《むし》っても、どれほど目を見開いても、手を伸ばしても……誰も助けてくれず、沈む。

ミタテさんを助けないと……、あぁ、でも、この人は神様だから、大丈夫？　死なない？　もしかして……俺だけが、死ぬ？

「スイ！」

セツが、尊称をつけるのも忘れて名を呼び、その四肢を背後から抱きこむ。

耳元で、「やめてください」と頼み、「同族を殺すつもりですか」と冷静に諭す。

スイは、がち、がき、と牙をすり鳴らし、抱きこむセツの腕を引っ掻き、肉を抉り、地団駄を踏んで水底へ叩き落とし、泣きそうな顔で、笑っている。

「……っ、ぁ」

トヨアキは、最後の最後、肺に残っていた空気の塊を、がぼ、っと吐いた。

狼の形をしたミタテの口吻が開き、ぱくんとトヨアキの顔を含む。こぽ……、と大量の酸素のような、温かい空気のような、不思議と「あぁ、これはみたてさんのなにかだ」と分かる形ないものが与えられて、肺まで息が通る。

トヨアキが呼吸を再開するとミタテが離れ、青白い彗星を引き走り、両翼を目いっぱい開き、あの、山から山へと一足飛びで越えた跳躍で、スイに躍りかかった。

スイも、セツも、丸呑みするほど大きな鬼の口で。

「……！」

スイは、咄嗟《とっさ》に、セツを突き飛ばした。

その細作りの肢体に四つ脚のミタテが圧しかかり、強《したた》か背中を打たせたかと思うと、錫杖《しゃくじょう》の先端ほども尖った尻尾で、スイの太腿を突き刺した。

スイの足先が、びくん、と一度だけ跳ねる。

尻尾は右足を射抜いて、骨と肉を断ち、地面まで穿《うが》ち、足が持ち上がるほどの力でゆっくりと引き抜いたかと思えば、鋭く垂直に尻尾を立て、左の膝を砕く。

「……だめ、……スイちゃんが死んじゃう……みたてさん……、なっ、んとかしないと……あーちゃん、なんか名案ない!?」

「さぁ……あなたで止められないなら無理じゃなくて？」

「どうして？　俺、なんの力も持ってない」

「でも、あなたに危害を加えられたから、あの人は怒っているのよ」

女は、「あぁいやだわ、苦しかったわ、私を巻き添えにしないで欲しいわ」と文句を吐く。その言い様はまるで他人事で、我が子を気にかける様子はない。

「殺しはせんが、二度と己の足で歩き、手でものを食むことはできんと思え」

ミタテの言葉は、冷酷を通り越して、何も感じられない。

神様の、無慈悲な声だ。

「……っだ、め……だって……!!」

トヨアキの制止は、ミタテの低音に掻き消されるような、弱々しい声だ。

けれども、走ってほんの数歩の場所で、いま、家族が最悪な形を迎えようとしているのだ。それだけは、避けなくてはならない。それだけは、させてはならない。

トヨアキは震える膝を奮い立たせ、走った。走って、スイに圧しかかるミタテの腹に腕を一本挟み、毛皮に覆われたその肩を蹴った。

「トヨアキ、邪魔立てするな」

「だ、だめだって！　そういう叱《しか》り方はだめだって！　頼むから、ちょっと待って！　なんで家庭内暴力とかしてんの！」

力いっぱいミタテを押し返す。びくともしないけれど、それでも、ミタテをぎゅうと抱きしめ、「おねがいだから、こわいことしないで。……おれ、こわいみたてさんきらい」とお願いする。すると、すこしだけミタテの力がゆるんだ。

「セツさんも！　なんでぼさっとしてんの！　スイちゃんのこと助けて！」

セツは、スイの命令がなければ動かないのか、動けないのか、スイを助けない。

いや、違う。セツは、ちゃんとスイを庇っているし、ミタテに一矢報いている。

何をどうやったのか、セツは、ミタテの腹を抉って血みどろにしていた。その代わり、残っていたほうの腕も、肘から先が離断している。

「みたてさん……、スイちゃんのこと、怒らないで……」

「誰が……っ！　……っ、んなこと頼んだ！」

両脚を引きずるスイが、トヨアキごとミタテを吹き飛ばした。

読んで字のごとく、大きな風ひとつで、飛ばした。

ごろんと一回転して頭を打ちそうなところで、ミタテが腹で受け止めてくれる。

「み、みたてさん！　怒ったらだめ！　だめだからね‼」

ミタテの尻尾を摑んで、ぎゅう、と手前に引き倒す。

どうどう、落ち着いて、と耳の付け根や顎下をくすぐり、なでなでして、翼の付け根をぐりぐりしてあげる。

「……俺は、犬猫じゃない」

「いいの。怒ってる子は、大体、皆これでふにゃふにゃするから。……だから、怒んないで、俺に任せて」

ミタテをその場に置いて、スイの傍まで歩み寄る。

スイは、足のない蛇のように、ずず……と両腕で地面を這う。

セツが、腕のないその懐で、スイの躰《からだ》を抱き留めた。

「スイちゃんが逃げなよ」

「えぇえ～……やだ。こっちに来て欲しくないなら、スイちゃんが逃げなよ」

「……っ！」

「その足じゃ逃げらんないんでしょ？　それに、わりと本気でビビってんじゃん。……スイちゃん……みたてさんのこと、そんなこわいんだ？」

スイの目線にしゃがみこむ。

スイは、ミタテに怒られるのが本気でこわいのだ。セツの腕をぎゅうと握りしめるその指先まで真っ白で、かたかたと小刻みに震えている。

「スイちゃん、俺がちゃんとみたてさんに話してあげるから、怒んないで聞いて」

「ぃ、やだ」

「スイちゃん、大丈夫だから。俺に任せなよ」

「……お前なんか、何もできない」

「うん。でもさぁ……、俺、ちょっとだけスイちゃんのこと分かるし、スイちゃんが言えないことも、よそ者の俺なら面と向かって言ってあげられるから、俺に任せなよ」

ちゃんと、仲直りさせてあげるから。

「したく、なぃ」

「嘘ばっかり。スイちゃん、天邪鬼《あまのじゃく》だから……」

「違う、うるさい、黙れ……喋るな、っ……こっち、見んな……っ！」

「大丈夫。安心しなって。ちゃんと、みたてさんに、こわい、って伝えてあげるから」

知らない人はこわい、って言ってあげるから。

知らない人をあてがわれて、知らない人と番《つがい》になって、知らない人に抱かれて、知らない人の子供を産むのはこわいって言ってあげるから。

好きじゃない人と子供を作るのはいやだって、ちゃんと言ってあげるから。

海のなかに沈むのも、一生この島から出られないのも、何も自分で選べないのも、他人の為に生き続けるのも、家族がいなくなるのもこわいって言ってあげるから。

「さみしい、って言ってあげるから」

「…………」

「俺とにぃちゃんがこっちに来て、スイちゃんの家族がばらばらになって、さみしかったんだよね？　シンタさんのことも、みたてさんのことも取られちゃうと思って、こわかったんだよね？　そんで、俺たちが、スイちゃんの家族をめちゃくちゃにしちゃったんだ。いやだよねぇ、そういうの……ごめんね？　大事な家族、ばらばらにして、……ほんと、ごめん。……ごめんね」

「…………」

「泣く時は、大きい声で泣いていいんだよ？」

誰も怒らないから、ほんとは、「こわい」って正直に言っていいんだよ。

だって、いまのスイちゃんは、神様じゃないから。

普通の人みたいな感情を持ってるんだから。

「いやなことは、いやって言っていいんだ」

「…っ、い……」

「うん、そう！　いやっておっきい声で言おう！」

「………ぃ、ゃ……」

「うん、やだね。……ほら、もっと言ってみな？」

「とられるの……、いや」

「トヨアキ、離れろ！　スイはお前を喰らうぞ！」

「怒鳴んないで！　スイちゃん怯えてるじゃんか‼」

ぎゅうとセツにくっついて、セツに耳を塞いでもらって、翼手で頭を抱えて、大人のご機嫌を窺《うかが》うように、時折、視線の端で、ちらりとミタテを確かめる。

これは、あの時のトヨアキと同じ。

両親がケンカをしている時に、こわくて、こわくて、何もかもが疑心暗鬼で、大人たちの様子を見るに見れずに、でも、耳からは怒鳴り声がいくらでも入ってくる恐怖の時。防ぎようがないのだ。どれだけ耳を塞いでも、塞ぎきれないのだ。

こわいのだ。捨てられるのも、いなくなるのも、怒鳴っている姿も。いつまで続くのかも分からなくて、ただひたすらに、こわいのだ。

「大人ってさぁ、自分のいいと思う意見しか言わないし、間違ってることも言うし、あんまり頼りにならないし、自分勝手だから信じないでいいし、言う通りにしなくていいよ」

「……だって、しないと、みんな……怒る……」

島から出ちゃダメ。島で生きなきゃダメ。島の為に子供を産まなきゃダメ。

その為に生まれてきた師前鬼神なのだから。

全部大人が決めてあげるから、その通りに生きていれば間違いないよ。ちゃんと、幸せにしてあげるから。ちゃんと、立派なオスを見つけて、あてがってあげるから。お前は、あのふしだらな女の子種ではあっても、この島の鬼天狗なのだから。

「……みっんな……おれの、こと……あの、ぁぁあ、ぁ、の……暗いとこ、閉じこめる」

「暗いとこ？」

「お前が閉じこめられていた檻だ」

セツが答える。

「……あんなとこに入れられてたの？」

ミタテやシンタが、それを許したの？　なんで？　どうして？　家族なのに？

「その頃の二人には、それを拒み、スイを守るだけの力はなかった」

また、セツが答える。

どれだけ抗《あらが》っても、どれだけ説いても、幼いスイを守るだけの力が、その時のミタテやシンタには備わっていなかった。ただ、あの冷たい檻の前で寝起きして、食事を運んで、話し相手になってやるしかできなかった。

「じゃあさ、スイちゃん！　またそこに閉じこめられそうになったら、俺が一緒に家出してあげるよ」

「……………家出」

「うん！　家出！　今度は、島の外に家出しよう！　みたてさんも、シンタさんも、セツさんも、うちのにぃちゃんもぜんぶ巻きこんで、前にスイちゃんを守れなかった大人を責めて、俺たちに協力させよう！　そんで、……二人で外に出よう！」

だからこわくないよ。やなことはしなくていいよ。

でも、それを言えなくて、こんな方法で、不器用に、遠回りしてでしか、自分の感情を伝えられなかったんだよね。

「……みたてさんも分かった？　スイちゃんさぁ、まだ子供なの。十七歳で、高校生なの。勝手に人生決めないで」

「…………」

「みたてさん、返事して！」

「………」

「みたてさん！」

「………分かった。……シンタや、相談役と話し合って……」

「だからぁ！　大人が話し合って決めるんじゃなくて、スイちゃんが自分で好きなように決めて、それを大人は何も言わずに、はい分かりました！　って言えばいいんだよ！　なんで分かんないかなぁ……イライラしてきた！　スイちゃんの選択がよっぽど間違ってない限りは、見守ってるだけでいいんだよ‼　鬱陶《うっとう》しい‼」

怒鳴った。

自分の好きな人だけど、大人の、こういうところはきらい。

「……トヨアキ」

「ん？　なに？　スイちゃん？　足痛い？」

「お前、アレにビビんないの？」

「みたてさんのわんわん？」

「……わ……、ぁあ、うん、そう……あの、四つ脚の……本性」

「かぁっこいぃよね」

翼はふわふわすべすべだし、尻尾はかっこいいし、太い脚の筋肉はがっちりなのに、肉球はぷにぷにだし、毛皮はもふもふしていい匂いだし、あったかいし、口から分けてもらった酸素みたいなものは、まだトヨアキの胎のなかでぬくぬくしていて、きもちいい。

「おれは、あれ……こわぃ」

「でもさ、俺やスイちゃんのこと守ってくれてんだよぉ？　ぜんぜんこわくないよ？」

スイちゃんが俺を殺さずに済むように、みたてさんは本気で怒ったんだよ。

スイちゃんが激情に呑まれて神様じゃなくなるのを、防いでくれたんだよ。

「護《まも》ってくれてんだから、こわくないよ」

「…………はっ……ぁー……」

スイは、ひとつ短い息を吐き、大きく息を継ぎ、笑った。

セツも、スイを抱くようにしたまま、口端だけで笑っている。

なんかもういいや……と、どこかすっきりしたようなスイに、トヨアキは首を傾《かし》げ、それでも、スイがきれいに、いつもみたいに笑ってくれたことに救われた。

「みたてさんも、ほら……なんか言っときなって。いま言わないと後悔すんよ」

背後を仰ぐと、ヒトの形に戻ったミタテが立っていた。

どこか重々しい様子で、スイにかける言葉を探している。

「すまなかった」

「俺じゃなくてスイちゃんに言いなよ」

「……分かった」

「それから、あーちゃんも、もうやめようね？」

「いや、いやよ。…………んっ、ふふふ……いやよ、ぜったいにいや。それじゃあ、わたくし、一体なんの為に帰ってきたか分からないじゃない」

女は、かこん、と下駄を踏み鳴らす。ぴょん、ぴょん。ぴょん、と跳ね、ミタテとトヨアキ、スイとセツ、二組の間に立ち、艶《つや》っぽい視線をミタテに送った。

「引っ掻き回したのはお前か」

「ひどい。それが愛しいわたくしへかける言葉？」

「お前とは終わった」

「わたくし、終わったとは思ってないわ」

島へ戻りたいし、あなたとまた恋仲になりたいもの。

その為になら、いくらでも引っ掻き回すわ。

「いまなら殺さずにいてやる。島から出ていけ」

「いやよ。わたくし、これでもこの島の天狗よ？　スイの母親よ？」

胎に子袋があって、股座《またぐら》に立派な一物をぶら下げた、このイヅヌ島鬼天狗の端くれよ。

わたくし、たいした力もないけれども、口だけは達者なの。

「……そうねぇ、島の皆に言いふらしてやろうかしら」

スイは子供を生みたくなくて、島の為にも生きたくないと言っている、と。

ミタテはスイのその考えに同調するようなことをほざいた、と。

つい最近ここへ来たばかりのヒトの子が、スイとミタテを、そう唆した、と。

「わたくし、うっかり口が滑ってしまったらどうしましょう」

わたくし、一度はこの島を追い出された身ですけれども、このことは事実。

事実を話したら、スイはどうなるかしら？

「スイはまた、あの、こわぁい檻のなかに閉じこめられるのね。そうよね、小さい頃にも同じことを言ってあそこへ閉じこめられたのだから。二度目はもっとひどくなるわね。その坊やだって、ややこもできそうにないし、きっと、スイと一緒になってあの檻に幽閉されて、孕むまで慰み物ね。……あぁ、シンタは、まず自分の嫁と子を守らなくてはならないから、あなたたちを助けるには力不足ね。セツは元々この島の天狗ではないし、当然、スイに同調するなら排除されるでしょう。……さぁ、困ったわね、どうしましょう？」

「讒言《ざんげん》には惑わされない」

「じゃあ、言っちゃおっと」

ふふふ。スイに似た美しい顔で、嗤う。

きっと、島の皆も最初は疑心暗鬼。

でも、次第に疑いの目を向けて、そうして、気づくはず。

スイが、本当にこの島の為に生きる人生がいやだと思っていることを。

いますぐでなくとも、五年後、十年後……、イヅヌ島がスイの子供を欲した時に、いつまで経っても子供ができないことに気づいて……その時に、きっとわたくしの言葉を思い出すわ。


「……黙っていて欲しいなら、選んでちょうだい」

「何と、何を」

「馴染《なじ》みの深い女か、目新しい男か」

「俺は、トヨアキを選……」

「選んだら殺すわ。体を壊すのは簡単だから、心を壊しましょう。この子、知らない人と交わるのをとてもこわがっているから、知らない人をたくさん知ってもらいましょう」

「やめろ」

「ふふ、じゃあ、選択肢を増やしてあげる。……馴染み深い女か、目新しい男か、ずっと育ててきた子供か、どれか一人選んでちょうだい」


女か、トヨアキか、スイか。

私を選んでくれたら、トヨアキかスイ、そのどちらかの秘密を黙っていてあげる。


「お、俺は選ばなくていい!!」

トヨアキが叫んだ。歯の根が合わずガチガチに震えて、声が裏返っている。

「あら、健気な坊やだこと」

「親子三人でっ、仲良、く、暮らして……親子ゲンカ、ほんと……やめよ、っよぉ……」

「おい、親子三人って……」

「頼むから！　普通に、家族で……ぉ、ねがっ……だ、から……仲良くしてってば……」

イライラされてもいいから、笑って、和やかに、ケンカの仲裁をしなくちゃいけない。どれだけ頑張っても、結局いつも誰も仲良くしてくれなくて、自分だけが蚊帳《かや》の外で、家族を一人も繋ぎ止められない。それでも、できることはしなくちゃならない。

「いやだ、泣かないでよ。まるでわたくしが泣かせたみたいだわ。あなたのせいで、わたくしたち、こんなに揉めているのよ？　あなたさえ島へ来なければ、わたくしだってもっと状況を見て、ミタテと仲直りできる時期に島へ戻ってきたのよ？　それをあなたが来たせいで、こんなぐちゃぐちゃになっているのよ？　それから、情緒不安定はやめてくださる？　泣けばいいってものでもありませんのよ？」

「な、泣き、やむ……から……っ、俺っ、のこと……責めて、いいからっ、頼むから、っ……おね、ぁぃ、だぁらっ……ひぅ……っ、……なが、なぉ、り、ぃ……っ」

「家族だからって絶対に仲良くはできないの。嫌いなものは嫌いだし、性格の合う合わないもあるし、わたくしはわたくしが一番可愛いの。だから、あなたはあなたの偽善をわたくしに押しつけないでちょうだい。鬱陶しい」

「……っひ、ぅ」

正論だ。返す言葉もない。トヨアキは、自分の願望をこの家族にぶつけているだけだ。自分の家族でできなかったことを、スイたちに押しつけているだけだ。

「トヨアキ！」

ミタテが、前のめりに倒れるトヨアキを支えた。

「……ぅ、ぇ……ええ」

胃の奥からせり上がってくるものを、吐いた。飲みこんだ涙や唾液《だえき》、それから胃液。雑巾《ぞうきん》を絞るみたいにぎゅうと胃が詰まって、ぐらぐらと視界が揺れて……また、吐く。ひとしきり吐くと、酸欠のせいか目の前が真っ暗になって、立ち眩《くら》みがして、ミタテに支えてもらえないと立ってもいられなくなった。

「ひぅ……っふ、はふ……っふ、ぇ……」

「トヨアキ、泣きやめ」

「俺、の……っ、ことは……いいからぁ……っ」

「こんな時まで、自分のことを二の次にするな！」

「じゃあ、俺のこと俺が一番に考えるから、俺の言う通りにして……っ、俺の我儘《わがまま》、いっこぐらいちゃんと叶えてっ……み、んな……っで、なかよくしてぇ〜……」

「……なぁ、みたて」

スイが、こくんと細い喉を鳴らした。

「なんだ？」

「……そいつ、こないだから倒れたり、熱出したり……しかも、いま、吐いたよな？」

「あぁ。過労とストレスが……」

「ガキがちっさすぎると、気づかずにそう思う時もあるだろ……」

「まさか……」

「……きもち、わるいぃ……」

ミタテの腕に縋《すが》って、けろけろ吐く。

「……ゴム、破けてた時の、あれだ……」

ミタテが、ぼそりと呟《つぶや》いた。

トヨアキが「子供を作ろう」と突っ走った時、ミタテはほんの一瞬だけ、我を忘れた。

夢中になって獣のようにがっつき、今後、トヨアキが誰彼構わず子種をねだらぬよう、女のように絶頂を極めるまで許さなかった。

そうして、トヨアキが後ろで喘ぐことを覚えたら覚えたで、ミタテの一物に馴染んだトヨアキの肉が心地良くて、白目を剝いて吐くほど犯して、抱き潰した。

あの時、確かに、最後に……ゴムが破れた。

「天狗は、百発百中……」

女が、ぼそりと呟く。

「ガキができて……情緒不安定に……」

トヨアキ以外の全員が、トヨアキの胎に注目する。

種の保存という一点において、鬼天狗たちは、本能で思考する。

母体への負担は、それ即《すなわ》ち子供への負担に直結する。彼らは、自己本位な考えを、島の存続の為……という己の魂魄《こんぱく》の根底に根づいた使命感へとシフトした。

「……おれ、あかちゃん……できてないってぇ……」

「だが、お前……あの日の、アレは……」

ミタテは生まれて初めて、求められることも幸せだと知った。情が欲しいとねだる子は、可愛らしかった。オスの精を根こそぎ奪い取る。そんな独占欲を見せつけられた。

これこそが、トヨアキ自身も気づいていない本来の性質なのだと、ミタテは知った。

「大事なものを失いたくない」という意志が強いのだと、身を以《もっ》て教えられた。

「あの時のお前、すごかったぞ。気持ち良かった」

「えぇえ〜……はずかしいから、言わないで……」

てれてれしながらも褒められて嬉《うれ》しい。

あ、吐き気も収まってきた。涙が引っこんで、しゃくりあげるのも収まったら、空気も呑まなくなって、戻ってくるものもなくなった。

「私の時は、ゴム破けるくらい激しいセックスなんてしてくれなかったのに……」

女は、謎《なぞ》の傷つき方をしていた。

これまで散々な言葉でミタテに拒否されてもめげず、どんな言葉や態度も肩透かしにして、無垢《むく》な人を揶揄《からか》い、嘲笑《あざわら》っていたのに、「ゴムが破けた」という事実にのみ打ちのめされ、その場にへたりこんでしまう。

「……みたてさん、……まだ、ケンカすんの……？」

「しない」

「スイちゃんも？」

万が一を考えて、ミタテは全面的にトヨアキの言葉に従った。

「しない！」

スイも慌てて大きく首を縦にした。

「も……俺、疲れたぁ……」

「スイ……すまんが、これに大事をとらせたい」

「いい、勝手にしろよ。あとはこっちで適当にやっとくから」

「必ず、きちんとお前の話を聞くから」

「そうして」

スイはあまり期待していない表情で嘆息し、しっしっと追い払う。

「セツ、頼んだ」

セツにそう言い置いて、ミタテはトヨアキを抱き上げる。

本堂を大股歩きで歩き切り、風を起こして扉を開き、背中に羽だけを出すと、外へ出るなり、ぽぉん！　と飛んだ。

残されたスイは、またひとつ大きく肩で息をして、いましがたミタテの立っていた場所を見つめ、諦めたような、見切りをつけたような、眉を顰めた困り顔で……、笑った。

「……ミタテ、本気で俺のこと殺そうとした」

「はい」

「ミタテの一番も、シンタの一番も、俺じゃなくなった」

「はい」

「馬鹿馬鹿しい。……帰るぞ、セツ」

セツの首に両腕を回す。

同族にやられた傷は、傷にはならない。セツの腕も千切れたのは一瞬で、もう元に戻っているし、スイの足も、すこし引きずるくらいだ。

それでも、スイは「歩くのが面倒だ」とセツに運ばせた。

「…………」

一方、トヨアキに負けた女は、未《いま》だ、茫然自失《ぼうぜんじしつ》の体で座りこんでいた。

スイは、自分によく似た女を一瞥《いちべつ》だけして、声はかけなかった。

生まれてこの方、この女と会うのは、片手で足りる程度だ。生みの親とはいえ、自分を檻に詰めこむ代わりに、島からの追放で許された女なのだ。あてがわれたオスと添い遂げることを拒み、ミタテの善意につけこみ、よそのオスの種を孕み、その種で生まれた子を檻へ押しこみ、自分が産まなかった跡取りを生ませる為に、差し出した女。

彼女は、自分がミタテに袖にされたことより、「昔の男がヒトの男に寝取られた……」というショックで、きっと、また、ふらりと姿を眩ますだろう。

でも、もうどうでもいい。

スイはやっと孤独を受け入れたのだから。

＊

トヨアキの胎は、子供を授かっていなかった。

苦手な種類のストレスと、泣きすぎて気持ちが悪くなって吐いただけ。念の為、すこし様子を見たが、いくら経っても、ヤスチカのように腹が大きくなることはなかった。

兄弟そろってほぼ同時期に子供が生まれるぞ……と、周りが大騒ぎしたのも束《つか》の間、トヨアキの気持ちが落ち着いた頃に、ミタテから色々と説明された。

スイの母親とミタテは、その昔、恋仲だった……と。

ミタテと関係していた彼女は、ほどなくして孕み、「ミタテとの間に子供ができた」と、のたまった。勿論、ミタテは喜んだし、所帯を持って子供を育てようと誓い合った。

ところが、スイが産まれた後、それが別の男との間に作った子だと判明した。

産まれたばかりのスイに、竜の鱗が浮いていた。鬼のように固い皮膚ではなく、やわらかな皮膜でできた鱗が浮いていたのだ。当然のこと、彼女の血も引いているので、鬼天狗の角と羽こそあったが、尻尾はまるで爬虫類《はちゅうるい》や金魚のヒレをごちゃまぜにしたかのごとき奇妙なもので、眼球も、竜種特有の縦を向いた瞳孔があった。

ミタテの種ではないと、誰しもが察した。

そして、スイが、水辺に棲まう高貴な神様との間に授かった子だと、理解した。

産まれながらにして、スイは、鬼天狗としても、竜神としても素養があり、優秀な種だと判じられた。イヅヌ島を守る最高の鬼神になると、誰しもが認めた。

そして、将来のイヅヌの守り神を産むはずの彼女自身は、竜神の子を生み、ミタテを騙した咎《とが》で、島を追放された。本来ならば殺されるはずの女は、赤子のスイを差し出し、「檻へ閉じこめて、わたくしの代わりに立派な跡取りを産ませればいいわ」と言ってのけ、いずこかへ身を隠し、行方知れずとなった。

大人たちは、スイを檻に閉じこめた。

父親である竜神が迎えに来て、海へ攫《さら》われないように。

島を守る師前鬼神として、正しく、まっとうに育てる為に。

そして、ゆくゆくは彼女が成すはずだった、生粋の鬼天狗の子を産ませる為に。

幼い頃を鉄格子のなかで過ごしたスイは、成人したミタテとシンタによって、ようやく外へ出してもらえた。そして、それまで知らなかった家族愛を、二人に教えてもらった。

大事に大事に育てられた。

それこそ、お姫様のように。

ミタテには、もっと早くスイを助けられたかもしれない、という負い目があった。だから、「嫁は欲しくない。子育てはもう充分」という信念で以て、スイのことを大切にして、スイの将来をきちんとすることだけを一所懸命にした。

トヨアキに対しても、最初から面倒見がよかったのは、どこかスイに似たところがあったからで、ミタテの、その父性が強いところは、スイを育ててきたからこそのもの。

全ては、スイの為に。

その想いが、ミタテをあんなにも優しくした。

だからこそ、スイも、ミタテとシンタの言うことは、比較的、素直に聞き入れた。いずれ自分は、ミタテかシンタ、そのどちらかの嫁になると思っていたし、大好きだったから。

なのに、シンタがヤスチカと結ばれて、最愛の家族を一人奪われた。それだけでも悲しいのに、そのヤスチカがトヨアキを連れてきて、ミタテとそういう仲になってしまった。

このままだとミタテまであの兄弟に奪《と》られてしまう、自分の家族が一人もいなくなる。

それでなくとも、自分はこの島から出られないし、一生この島に縛られて死ぬしかないのに、この島の守り神としての役割だけを求められているのに、自分の幸せは何も追求できないで、ぜんぶ奪われて……。

でも、それを正直に話せば、きっと、またあの檻に戻される。

全島民から大切に扱われ、大抵の我儘は許されるスイだが、自分の本心からの願いだけは、けっして聞き入れてもらえない。そして、その願望を口にしただけで、自分の面倒を見てくれているミタテやシンタにも迷惑がふりかかり、あまつさえ、その伴侶《はんりょ》のヤスチカや、胎の子や、トヨアキへも……累が及ぶ。

イヅヌ島の住民は、この島以外に暮らせる場所がない。だから、この島を守ることが魂魄に深く刻まれ、その使命から逃れられない。この島の天狗は、そういうきらいがある。

スイは、身に染みてそれを知っていた。だから、何も言わずに我慢していた。

だからというわけではないが、トヨアキは、スイを許している。許すというより、大切なものを守りたいスイの気持ちが痛いほど分かって、自分と重ねてしまった。

「じゃ、仲直りしよっか」

ミタテ家の居間で、家族皆で集まった。

シンタとヤスチカ。ミタテとトヨアキ。スイとセツ。

今日は、スイが思いの丈をぶちまけて、ミタテとシンタがそれをちゃんと聞く日だ。

ただ、難しいかな……長いこと大事なことを話せずにいた家族というのは、どうにもぎくしゃくして、話が進まない。

どれだけトヨアキが「みたてさんとシンタさんは、もう勝手にスイちゃんの結婚相手を探すって言ったりしたらだめだよ？」と言っても、「分かった。それはしない」「でも、もしかしたら……その、ちょっとは……ねぇ……？　口を出すかも……」「変な虫が寄ってきたら潰す」「あと、竜神さんのほうもスイを諦めたわけじゃないから、それも絶対に防ぎたいよね。向こうさんと折り合いがつくまでは、手元に置いておきたいし……」などと言い出して、話が頓挫《とんざ》するのだ。

スイもスイで「もういい、話にならない」とすぐに話し合いを諦めてしまう。

ヤスチカも助け船を出して「いま、ちゃんと話をしないと、これからもっと話しにくくなるよ。それに、スイ君はまだ高校生で、これから出会いもいっぱいだし、自分で好きな人を見つける日が来るかもしれないし……」と、三人の間を取り持つが、ミタテとシンタは、「スイはすこし股のゆるいところがあるから」「島の男を手玉にとってひどい遊び方をしたりね」「品行方正でないところは、俺たちの育て方が悪かったのだと思う」「それを思うと、育ての親として、やっぱりスイの相手はきちんとした男を……」「スイの嫁入りは、俺とシンタが納得しなくてはならない」などと言い始める。

二人がスイのことを本当に心配しているのは分かる。譲歩すべき点は譲歩する姿勢も見てとれる。実際に、「勝手に結婚相手をあてがわない、島の為に生きろという島の方針を改める為に島全体で話し合う、スイ一人に全てを負担させない」と約束をして、後日、それを全島民へ説得して回り、「それこそが、先日の神事で決まった、新しいこの島の在り方であり、将来へ繋げる正しい方策なのだ」と、そう断言した。

だが、どうにもこうにも……過保護で、過干渉だ。

恐ろしいほどに、スイのことを可愛がっている。

「……スイちゃん」

「なんだ」

「家出する？」

「うん」

埒《らち》のあかない問答に、トヨアキもスイもうんざりしていた。

「なんかさ、俺、この人たちほんと面倒臭くなってきた。さんざ仲良くしろとか言ったけど、もう諦めた。みたてさんもシンタさんも好きにしなよ。俺、スイちゃんと出てく」

スイの手を握って、トヨアキは席を立つ。

セツは当然のごとく、黙ってスイに付き従う。

「……み、ミタテ君でもシンタでもいいから、トヨアキのこと止めて……！」

ヤスチカが、慌ててミタテとシンタを急《せ》かした。

二人は、「子供の戯言《たわごと》だろう？　席へ戻りなさい」と、どこか半信半疑だ。

「そうじゃなくて、とよが愛想尽かしてる。もういいって思ってる。この子、見限ったら早いよ。まったく興味がなくなる。どうでもいいって言って、ぜんぶ切り捨てる」

現に、もう両親を切り捨てて、見捨てて、見限ってる。

両親が離婚して、ヤスチカがトヨアキを引き取ったその日、「父さん母さんと別れて悲しい？　さみしい？」と尋ねた。トヨアキは、にこにこ笑ってヤスチカと手を繋ぎ、「もう他人だしどうでもいいよ。それより俺、来年から中学だから、お金かかっちゃうね、ごめんねぇ」と言ったきり、本当に、ただの一度も、両親からの電話にも、メールにも、夕飯の誘いにも、応じなかった。

「トヨアキは、ぎりぎりまで頑張るけど、いざとなったら、好きな人のことを諦めるのは早いよ」

そういう家族愛しか見てこなかったから。

「待て、トヨアキ」

「スイも待って、ごめん、もう一回座って……」

そこで慌てて、ミタテとシンタが、呼び止めた。

トヨアキとスイは立ったまま、正座の二人を見下ろす。

「まず、俺からスイに言う。……俺とシンタは、どうしても、お前が可愛くて仕方がない。お前が不憫《ふびん》でならないし、お前を幸せにしてやりたいと考えている」

「俺のこと本気で殺そうとしたくせに」

「スイちゃん、それは言ったらだめだって。スイちゃんだって、俺のこと殺そうとしたじゃん？　自分がしたことは自分に返ってくるんだって」

「ヒトが神様にモノの理《ことわり》を説くな。鬱陶しい」

「もー……そうやって、拗《す》ねても意味ないって。同族殺しはできないってお互いに分かってることでしょ？　スイちゃんに俺を殺させない為に、冷静にさせる為に、みたてさんだってスイちゃんのこと傷つけたんだって……分かってんのになんでそんな……」

「うるさいなぁもう!!　八つ当たりくらいさせろよ!!」

俺はこうやってしか甘えられないんだよ！

「スイ、本当に……悪かった。ごめんね。本当に、ごめん」

シンタが神妙な面持ちで頭を下げる。いつもは第三者的立場で調停役のシンタが、当事者としてこの場にいるせいか、勝手が分からずに、言葉を手探りしている。

「……それで？」

「俺たちは、スイの意志を尊重する」

「過保護も過干渉も、お前を不幸にするなら、もうしない」

けれども、情もあるし、最後まで面倒を見ると決めたのだ。

決めたことはどうか、全うさせて欲しい。お前が幸せになるまで、見守らせて欲しい。

それが、幼いお前を助けてやれなかった俺たちの、せめてもの罪滅ぼしだ。

「……そうやって……っ、アンタらは、いつも……っ」

二人は、スイを檻から出してくれた。

スイが檻から出られるその日まで、毎日、ずっと、あの場所で生活してくれた。

島の大人たちがどれだけやめろと言っても、二人は、スイの傍にいてくれた。

あんな寝心地の悪い、冷たくて、寒くて、ごつごつした場所で、朝から晩まで何年間もずっと格子越しにスイの世話を焼いて、ご飯を食べさせてくれて、お風呂もないからお湯を運んでくれて、遊んでくれて、さみしくないようにしてくれて、愛情を与えてくれて、檻から出す為に、いっぱい、いっぱい、頑張ってくれた。

そうして、ミタテとシンタは、島の将来を決める大事な二人になった。

スイの為に、そうなってくれた。

「だから、もういい……。俺に責任感じてくれなくて、いい」

二人とも、自分の幸せ大事にしろよ。

それでなくとも、二人とも俺のせいで嫁さんもらえずにいたし、ミタテなんか、俺の母親に騙されて、他の男の種を育てさせられたんだから……。

「おい、……お前、っ……トヨアキも、……っご、めん……なさぃ……っ」

「うわぁ、スイちゃん、謝るのほんと嫌いなんだね。我儘いっぱいで謝ったことないんでしょ？　顔面すっごいイヤそう。だけど……うん、俺には謝らなくていいよ。俺は、自分の為に仲直りしてもらったようなもんだし。……にぃちゃんもありがとね」

やっぱにぃちゃんのやることは正しいね。上手にいったよ。

「……担がれた」

シンタが、やっと合点がいった、と笑った。

狂言家出だ。家族そろって三人とも頑《かたく》なで、同じような性格で、どうしても愛情が先行して、押しつけがましくなって、落としどころが見つけられないでいるから、この、ヒトの兄弟が天狗たちを仲直りさせる為に、即興で芝居を打ったのだ。

「君たちがそろいもそろって頑固だからだよ」

ヤスチカが笑って、丸みを帯びた腹を撫でた。

家族のケンカっていうのは、一緒に暮らして、一緒に過ごして、一緒に生きて、お互いのことをよく知っている分だけ、ちゃんとした仲直りが難しい。でも、一緒に過ごした分だけ絆《きずな》もあるから、また、いつもみたいに家族で過ごせるんだ。

ヤスチカとトヨアキも、互いに遠慮して腹を割って話せなかったけど、いまはこうして仲直りして、また兄弟をやっている。即興で芝居ができるくらいには相手のことを分かっている。時々、分かり合えない時もあるけれど、たまには縁が切れてしまう親子もあるけれど、悲しいことに固執せず、また、自分の大事な家族を見つけて、作ればいい。

長いこと生きているのだ。

前を向いて、進んでいけばいい。

＊

全員で夕飯を摂って、ひと息ついたらもう夜だ。シンタとヤスチカは二人の新居へ戻った。てっきり、スイはこの家へ戻ってくるのかと思ったら、「新婚夫婦の家にいられるか」とミタテとトヨアキを茶化して、セツの家へ行ってしまった。

皆が引けた後、それぞれ別々に湯を使い、長い一日の終わりに、トヨアキはつい習慣でミタテの寝室へ入り、布団に寝転がってころころしながら仰向けになり、天井を見た。

どうしようかな……と思った。

他人のことばっかり一所懸命で、自分の身の振りようは考えてなかった。

何も、決めてなかった。

トヨアキの後に風呂へ入ったミタテが部屋へ入ってきても、かける言葉が見つからなくて、気まずかった。

「自分の部屋戻るね。おやすみって言おうと思っただけだから」

口から出任せを言って、逃げる。

他人には、「自分に正直に！　言いたいことを言って！」なんて大口を叩いたくせに、いざ自分のこととなると、そう上手くいかない。それに、スイたちが仲直りして、家族が、トヨアキの望む正しい形に収まって、それですこし満足しているところもあるのだ。

もう、充分に自分の願いは叶えられたと、そう思ってしまっているのだ。

だから、これ以上は何も望むべきではないと理解しているのだ。

「お前との話がまだだ」

「……お、ぉれと……話すことは、なんもないってぇ。……腕、痛いから放して？」

摑まれた右手をやんわりと引き剝がす。

すると、左の腕も摑まれて、力任せに両腕を引かれ、ミタテの前に座らされる。

「お前、俺の子を産むんだろう」

「……あぁぁ……あれはぁ……その……あの時の、若気の至りで……本気にしないで」

「いやだ。お前が言ったんだ。俺の子を産みたいと」

だから俺は産ませる。

「そんな……ぽんぽん無責任なこと……あー……ゴムなしセックスはしちゃったけど……もう二度とそんなことねだったりしないから……」

「俯《うつむ》くな」

「………」

両手を握られた恰好で、自分の膝を見つめる。

「お前、俺の子を産みたいとねだるくらい俺のことが好きなんだろう」

「………」

「俺は、お前に産んで欲しいと思うくらい好きだ」

「……あの人はどうするの」

「あれは終わったことだ」

「でも、昔は好きだったんでしょ？　それに、あの人は子供が産めるけど……、俺は、赤ちゃん産んであげられないかもしれない……」

これは、逃げだ。なんでもいいから理由をつけて逃げようとしている。それは自分でも分かっている。でも、逃げたいのだ。両想いには、なりたくないのだ。

「……おれ、みたてさんと、別れたくない」

「どういうことだ？」

「好き同士になったら、そのうち、別れちゃう」

好き同士で結婚しても、好き同士で子供ができても、ある日、別れる時がくる。

どんなにいまが幸せでも、いずれは、その日がくる。

いがみ合って、憎み合って、言い争って、顔を合わせるだけで怒鳴り合って、物を投げて、大きな音を立てて扉を閉めて、泣き喚《わめ》いて、二人が一緒にいるだけで腹の底が冷たくなるような、そんな日が、必ず、くる。

「俺は、そんな日を味わうくらいなら、ひとりがいい」

別れる日のことを想像しながら、生きていたくない。

一人なら、ずっと、みたてさんのこと好きでいられる。別れなくていい。そしたら、ケンカもしないで済むし、物を投げたりしなくていいし、みたてさんに嫌われることもないし、嫌いって言われなくて済む。きれいな思い出でいられる。

「……ね？　それでいいじゃん？　俺、み、っ……みたて、さっ……のこと、……き、っら、ぃに……なりたく、ないぃ……」

ぼたぼた、ぼたぼた、涙が溢れて落ちる。

また気持ち悪くなって吐いちゃうから泣かないようにしないといけないのに、ひっひっ……と酸素がたくさん入ってきて、空気を呑んで、ごぽりと腹のなかで気泡が転がる。

でも、みたてさんに分かってもらわないといけない。

俺は、好きな人と、別れたくない。

「……わっ、がれ……ぁく……な、っひ」

だから、好き同士にはなれない。

子供なんか産んで、もし、夫婦ゲンカなんか見せてしまったらどうしよう。ぜったいに、悲しいし、さみしいし、こわいし、いやな気持ちにさせる。

「……ぉ、れ……そんなの、っ自分の、子に……っ、させたくないぃ……」

「とよ、……泣くな」

「じゃぁ、俺……のこと、好きって言わなっ、ぃ、で……っ」

「好きだ」

「やだってばぁ～～……っ」

手を放して、抱きしめないで、好きって言わないで。

別れる日を、覚悟させないで。

「お、れ……みたてさっ……と、ばいばいしたくないぃぃい～……」

同じ島に住んでもいいから、好き同士はいや。

時々、一緒に遊んで、一緒にご飯食べて、一緒に寝て、時々ならえっちもしてもいいかもしれないけど、ゴムはして……それで、だから……夫婦は、やだ。

「別れなきゃいい」

「わかれるんだってばぁ……！」

「別れない。絶対に。お前一人で生きていけない体にしてやるから」

「犯罪っぽいこと言わないでぇ～～……」

「犯罪でもなんでも構わない」

「……………えぇ～～？」

「お前がいないと、俺が幸せになれない」

「なんっ、で……そんなこと言うの……み……た、てさ……っこわ、くなぃの？」

「こわいこわいばっかりで好きな奴が幸せにできるか」

「…………」

「お前、俺が不幸せでもいいのか」

「…………よくない……」

「なら、付き合う前から別れ話をしてくれるな」

お前を失うほうがずっとこわい。お前がずっと一生そんな感情を抱いて、一人で生きていくのを見守っているほうが、こわい。そんなこわい思いをするくらいなら、いま、どんな手を使ってでも、お前を手に入れたほうがずっといい。

「情が湧《わ》いたんだ」

面倒を見てやると決めたんだ。俺の優先順位の一番は、お前になったんだ。俺の持ち合わせる情の全て、根こそぎお前に奪われたんだ。頼むから、奪ったものをいらないなどと言わないでくれ。突き返さないでくれ。

「ケンカをしても、分かり合えなくても、ずっと永遠の離れ離れにはならない」

「ちゃん、と……なかなおり、してくれる？」

「あぁ」

「……俺に、ずっと、愛情とか、持っててくれる？」

「持ち続ける」

「……面倒、一生見てくれる？」

「二生も、三生も。どの一生も、お前の面倒を見る為に一生を使う」

「……ほんとに……別れないでいい？」

「別れてもまたくっつけばいい」

「……うわぁ……すごい……考えもしなかった……」

そうか、別れても、また、仲良くできる場合もあるのか……。

ミタテの、「何度でもくっついて、何度でも好きになればいい」という言葉で、目の前がきらきら明るくなる。一度きりで終わらなくてもいい愛もあるのだと、知る。

「お前、そんなに別れたいのか？」

「別れたくない」

誰かに自分を委《ゆだ》ねるのは、とてもこわい。けれども、こうも想うのだ。自分に向けられている情が、もし、誰かに向けられたら……と。

「みたてさんの気持ちは、ぜんぶ、俺のほうを向いてないとやだ」

「ぜんぶ、お前の為に使う」

「好きって言って」

「好きだ」

「愛してるって言って」

「愛してる」

「情が湧いたから離れられないって言って」

「情が湧いたから、お前からは絶対に離れられない」

「……うん」

じゃあ、その情動、ぜんぶちょうだい。

俺のこと、ずっとずっと可愛がって。

「トヨアキ、………まだ元の世界へ帰りたいか？」

「……ほんっ、とは……でき、たら、も、ちょっと……ここ、に、いたいかなぁ……？」

まだ帰りたくない。傍にいたい。好きって言いたい。抱きしめたい。

この人を骨抜きにして、一生雁字搦《がんじがら》めにして、逃がしたくない。

この人は、俺だけに情を向けてくれる愛しい人だから……幸せにしてあげたい。

「……俺と一緒になったら……普通のことはできない」

「普通のこと？」

「普通に、学校へ行って、好きな相手を見つけて、恋をして……」

高校生が、高校生らしくあるような、恋はできない。

人間が、人間らしくあるような、営みはできない。

ミタテはもう大人で、天狗で、この島の生き物だから。

「それでもいいか？」

スイへの過保護と過干渉を見て分かっているだろうが、ミタテという天狗は、情を向ける相手に対して、たいそうひどい執着を持っているのだ。

「おれ、そういうのだいすき」

「普通の幸せを奪ってすまない」

「俺、最初の夜にみたてさんが連れてってくれた、あの夜景見るデート好きだよ」

「……そうか」

「あれは、みたてさんじゃないとできないことだからさ。……それに、俺、たぶん、あの時にはもう、みたてさんのこと好きになってたよ。……あ、でも、もし、俺のことを思ってくれるなら、俺と青春みたいな……恋？　しよう？」

「……？」

「この島で、俺と恋しよ？　俺が自転車漕《こ》いであげるから、みたてさんは後ろに乗ってさ……あ、みたてさん重いから交代してね？　……で、アイス半分こして、同じ家に住んでるけど夜中まで電話して、内緒で家を抜け出して公園で話して、お巡りさんから隠れて、そんで、手ぇ繋いで、ちゅーして、夜の海に入って、お星様見よう」

「映画みたいだ」

「俺だって映画でしか知らない。……でも、みたてさんに恋してたら、俺、ふわふわしてしあわせだと思う」

「時々、天狗になるぞ」

「そしたら、かっこいいから、俺もっと好きになっちゃうねぇ」

みたてさんには、青春みたいな恋をさせてあげたい。

俺は若くて、子供で、未熟で、人間だから、そんな恋愛しかできない。それにイライラしたらごめんね？　そういう時は、そういうことも話してね。もっとたまには大人っぽいことをしたいって思った時は、みたてさんが俺のこと引っ張ってね。

大人と子供、天狗とヒト。常識も思考も全然違うから、きっとケンカもするけど、それはケンカじゃなくて、お互いの言いたいことを言い合う為の話し合いだと思うから。

分かり合う為の、大事な営みだから。

時にはお互いに愚痴を吐いてみたり、食べ物や服の好みを話し合ったり、掃除当番とかご飯の準備とか、買い物とか……そういうのを、ちゃんと、しっかり、毎日、すり合わせて、のんびり、ゆっくり、お互いのこと、大事に大事にしようね。

「俺、みたてさんのこと大事にしたいから」

俺も、みたてさんに大事にしてもらえるようになるね。恋人も夫婦もすっ飛ばして家族みたいになっちゃったけど、俺の持ち合わせてる情動、ぜんぶ、みたてさんに差し出すから。天狗とヒトにしかできない恋愛、しようね。

＊

ミタテさんとするのはもう三回目だし、余裕。どこかでそう思っていた。

好きな人とすることには、なんの恐怖もないし、幸せなこと。

布団にそろりと寝かされて、お姫様みたいに大事に大事にされて、寝間着の浴衣を脱がす前に唇を重ねてくれて、手を繋いで、上んなったり、下んなったり、ころころ、ごろごろ、抱きしめあって、また唇を吸う。

「触る」

律儀にちゃんと前置きしてくれるけど、みたてさんがそう言葉にした時にはもう腹を撫でた後で、この人のそういうところが、可愛いと思う。

「も、いいよ……っ、こえ、に……しなくても……っ」

「こわいだろ?」

「みたてさ……っは、こ、わくないぃ」

好きな人はこわくないから、大丈夫。

俺のことを傷つけない人だから、大丈夫。

「それに、もう三回目、だし……」

「腹のなかが覚えたか？」

やらしい言い方。太腿から勃起した陰茎へと、ミタテが手の甲を滑らせる。指の骨のこつこつとした感触が程良い刺激を与え、裏筋に響く。もっとちゃんと触って欲しくてトヨアキが手を伸ばすと、手に手を重ねられ、自慰をさせられる。

ミタテの手は会陰《えいん》に伸びて、親指の腹でふにゅりと押し撫でる。風呂上がりの、すこし湿って、皮膚の薄いそこ。外から押されるだけでも下腹が切なくなって、ミタテが見ているのに、陰茎を弄《いじ》る手も忙しくなる。

なかが、覚えてる。ちゃんと、気持ちいいことを思い出せる。にちゃにちゃ、ぐちゅぐちゅ。両手を使って手遊びに耽《ふけ》り、男が入ってきた時の感覚を反芻して、腰を揺する。

「みっ、ぁて……さ……、っさわ……って」

もっと、ちゃんと、いっぱい触って。

「もうすこし、それが見たい」

「も、ぃ、く……ぃ、っちゃぅ、からぁ……っ」

「そうだな。美味《うま》そうな肉になってる」

「……ぃ、いじわる、っ、ゃだ」

「触ってやるから最後までして見せろ」

苦笑気味のミタテが、内腿の付け根に唇を落とす。あぐ、と歯を立て、薄皮を引き剝がすように歯先で齧り、トヨアキの腿肉が震えると、ぺろりと舐めて宥《なだ》め賺《すか》す。

トヨアキの手指の隙間からは先走りが溢れて会陰へ伝い、しっとりと濡れそぼり、ひくんと引き攣れる。舌先を這わせ、雫を舐めとり、ふっくらとしたその感触を楽しんだ。

尻が浮くほど片膝を持ち上げると、トヨアキは「はずかしいから、やめて」と泣き言をほざく。そのわりに、ミタテがすることを凝視して、きゅうと尻の穴を窄《すぼ》ませた。

「ひ、ゃ……っ」

トヨアキが可愛い悲鳴をあげる。先走りでべたべたの両手で後ろの穴を隠し、「どこ舐めてんの」と、下がり気味の眦《まなじり》を朱に染め、唇を尖らせる。

「一度もしてやってないから、してやろうと思った」

「それは、最初に言って」

「言わなくていいと言ったり、言えと言ったり……」

トヨアキの手をやんわりと、それでいて強い力で退《ど》けて、括約筋のふちを舌でなぞる。

「……っふ、ぅー」

「ほら、そっちいじってろ」

「んっ、ぅ……ぅー……」

ミタテに言われるがまま、トヨアキは自慰を続けた。ぴちゃり、ひちゃり。肉厚の粘膜が、血の気の多く通う場所を濡らす。自分以外の体温は熱くて、行動は予測もつかず、襞《ひだ》のひとつひとつを丹念に拡《ひろ》げられ、太腿が閉じそうになるたびに、がばりと開かされる。

「っ、んー……」

きゅうと腸壁が収縮した瞬間、指が入ってきた。

「これも言ったほうがいいか？　親指だ」

臀部《でんぶ》の肉を横に流すように四本の指で掴み拡げ、親指の爪先を潜りこませる。

ぬぷ、くぷ。出しては挿《い》れて、短く切った爪の平たい箇所をふちに引っかけて、抜く時には鉤爪《かぎつめ》のように括約筋をめくりあげ、押し込む時には内壁を撫でさする。

そこを可愛がられるだけでも気持ち良くて脚が開くのに、四本の指がしっかりと尻肉を割り拡げるから、トヨアキの意志とは無関係に、股も穴もよく開いた。

「ぅ、ぁ……ぁ」

やっと指が出ていったと思ったら、親指を根元までずぷりと刺される。ぬく、にゅく。今度は、ぜんぶ出ていったりはしない。内壁の浅いところを何度も何度も往復して、内側から会陰を持ち上げられる。

親指ひとつで、こんなに存在感があっただろうか。もっと大きな物を腹にもらっていたのに、いまは、たったこれだけのことで、ひどく気持ちがいい。

「覚えてるからだろ？」

なかを擦《こす》られて、肉を犯されることの良さを、体が覚えてるんだ。

「っ、ンぁ」

トヨアキは、親指を抜かれた瞬間、切なげな声を漏らした。

「これはまたあとでな」

「ま、た……なめ……て、る……ぅ」

親指の出ていった僅《わず》かな隙間が閉じる前に、舌が潜りこんできた。きれいな形をしたそこを崩すように、綻び始めの肉を啜られる。舌でぐちゅぐちゅと音を立てられ、歯先で尻の肉を噛まれ、「お前の味がする」と笑う。

ぬめって、温かくて、粘膜が触れた箇所が気持ち良くて、でも恥ずかしくて、結局、どこにも集中できなくて、股座に顔を埋《うず》めたミタテの頭をわしゃわしゃと撫で回した。

「……ふ、ぁ、あ」

舌を抜かれたら、また、指。親指よりも細いけど、長い。くぽ、ぬぽ、と空気を孕ませ、音を立て、唾液が乾いた頃にはまた舐められて、湿り気を帯びたら指が増える。

指と舌が交互に、時には一緒に、いつまでも出入りして、腫《は》れぼったくて、弄られすぎて感覚がない。薄皮もふにゃりとふやけて、じりじりとむず痒《がゆ》く、乾き始めた唾液が張りつく括約筋を、指先でかりかりと引っ掻かれる。

「ぁー……、っン、ぅぁ……ぁー……」

勝手に、声が出る。か細いけど、唸るみたいで可愛くない声。

頭の芯《しん》がふわふわ。もう何をされても声があがる。先走りに濡れた両手でミタテの髪を鷲摑み、びくん！　と下腹を引き攣らせて跳ねる。

「……ひっ、ぃ！」

ミタテの手が、陰茎の根元を内側から撫でた。

ばたっ、ばたっ……と足が跳ねて、腰も浮く。その腰を片手で押さえこまれ、何度も、何度も、執拗《しつよう》にそこばかりを責め立てられる。触ってもいない性器から、たらたらと先走りが溢れて、イきたいのにイけない生殺しと、もうすこし優しくなかを弄ってもらえたらイけるのに……という葛藤《かっとう》がせめぎ合う。

「肉が若い」

四本目の指を咥えこませ、腹のなかで拡げ、揺さぶる。

「お、っ、ぉぁ……お、ぉ」

痙攣《けいれん》したみたいに、喉《の》を仰け反らせる。

「やわらかくて、喰い応えがありそうだ」

手の平に吸いつく若い皮膚に、塩気のある汗といつまでも垂れ流れる先走りが味を沿える。痛いくらいの抵抗と、筋肉の張りと、収縮。時折、会陰や陰茎に触れると、きゅっと締まって、次の瞬間に、ふわりと弛緩《しかん》する。

指を縦向きにそろえ、尻の窪《くぼ》みを親指で弄りながら潜りこませ、ごつごつした指の骨で、内壁を引き伸ばす。ぐりゅ、と独特の抵抗感があって、そこをじっくり慣らしてやると腸壁を蠕動《ぜんどう》させ、窄まった内部へと指を引き込む。

「……っぁ、ぉ、ぁン……んっ、ん、ンっ……」

どれだけの数の指を咥えこんでいるか、トヨアキには分からない。

いま、ここでミタテに本数を申告されても、「四、って……どれだけ？　たくさん？」と数の把握さえできないだろう。

前と後ろ、どちらに集中すればいいか分からない。前だけに集中すれば、その気持ち良さから、あっという間に果てることも叶うだろうが、時々、後ろがとても気持ち良くて、つい、そちらを意識してしまう。

イけそうかも、あ、イける……そう思った時に、ミタテが指を増やして邪魔をする。

「み、ぁ、ぇざ……っん、ン……ん〜……っ」

「好きに出していいぞ。お前はどれだけ出そうが関係ないからな」

「そんな、ぃっぱい……でないぃ」

「まぁそうだろうな」

「みたてさんので、きもちよく、して」

「もうすこし拡げてからな」

「みたてさんに、イかせてほしぃ……ぃ」

「もっと聞かせろ」

「っは、ゃ……ぐ……ぅ、も、やだ、なか、せつないぃ、っ」

俺、さっきから泣いてお願いしてるんだから、もう挿れて？　ちんちんがぐちゃぐちゃになって、布団もぐしょぐしょに濡れて、お尻のあたりまで漏らしたみたいにどろどろになって、抜き差しされるたびに汚いものまで出してる感覚で、もう、頭おかしくなる。

「しん、じゃ、ぅう……」

「とよ、……泣いてくれるな。……ほら、挿れてやるから」

「ぅー……んっ……んぁ……っ、ぁ？　……ぁー……？」

どろ、と……何かが漏れ出た。

どこから出たのか分からなくて、小便か大便のどちらかを漏らしたのだと思った。

「ほら、いいこだ」

トヨアキの頭を抱くようにして向き合い、腰を進める。

そのたびに、ミタテの腹筋に精液がとろとろと吐き出されていく。

「ぁ、ぁー……あー……っ」

指先が痙攣して、たわんで、何かに縋りたいのに、爪先までぴんと張って、言うことを聞かない。腹のなかの奥の奥に、ちょっとずつ、ゆっくり、ゆっくりオスが入ってきて、串刺《くしざ》しに貫かれて、いつまでもその感覚が終わらない。

目の前が、ちかちかする。後ろ頭が引っ張られて、意識が遠くなる。

「とよ、しっかりしろ」

「……ら……っ……これ、っな、にぃ？」

舌も回らない。下腹が重く、ばしゃばしゃと小便が漏れて、それでやっと、あぁ、さっきのは射精だ、……俺、挿れられただけでイっちゃったんだ、と気づく。

じゃあ、だめだ、もう、これ以上されたら、おかしくなる。

「待って、だめ、いま、いってる」そう言いたいのに、出てくるのは「あー……っ、ぉ、ぉあー」という気の抜けた、あかんぼみたいな喘ぎ声だけ。

「み、ぁっ……ぇざ……っ、ぃ……ぁえ、さっ、ん、ン……」

「こわくない、こわくない」

トヨアキの頭を撫でて、髪を梳《す》き、頬に、額に、口端に唇を寄せ、涙を啄み、その耳元で気長に囁《ささや》き続ける。

「はら、っン……っ、なか、おかしぃい～……」

泣いて、喋って、ミタテに抱きつくだけで、きゅうきゅうと肉がうねり、なかに納まった陰茎の形や熱をまざまざと思い知らされて、自分は感じるつもりもないのに、気持ちいい。もう動いて欲しくないのに、動いて欲しい。

「気持ちの良すぎる体っていうのも問題だな」

快楽に溺れることに恐怖を覚え、身を竦ませる。

そのくせ、体は男を欲しがって、いくらでも締めつけて、搾り取ろうとする。

「んっ……ぁぅっ……ぁ、ぁっ」

「ほら、きもちいいな」

指や舌で教えたことを、オスの性器で復習しているだけだ。

「きも、ひっ……ぃい」

「そう。きもちいい」

「すきなっ……ひと……すき、っ……」

すきなひとと、きもちいいことするのは、すき。

「あぁ」

「なか、きもち、いぃ……」

ずるずる出たり入ったり。ちょっとでも気持ちいい声をあげるとみたてさんが褒めてくれる。ちょっとでもなかが締まると、みたてさんも気持ち良さそうな声をあげてくれる。

ふにゃふにゃのどろどろになって、お父さんがちぃちゃな子をあやすみたいに、よしよしと頭を撫でてくれる。それだけでも、きゅうっと胸が切ないのに……。

「みぁて、っん……みけんに、しわ……よってる……だぃ、じょ……ぶ？」

「んっ……ぁ？」

低く、唸るような声。顔を持ち上げた瞬間に、ぼた、と大粒の汗が落ちる。

「ここ、こわい、かお」

ミタテの頭を抱いて、ちゅ、と眉間《みけん》に唇を押し当てる。

苦しいのかな、痛いのかな、気持ち良くないのかな……そんな不安がよぎる。

「違う」

「……ち、ぁうの？」

「……き」

「き……？」

「きもちいいから……頼むから、動かさせてくれ……」

こういう時は、気持ち良くても眉間に皺《しわ》が寄るんだ。ほんのちょっとでも油断すると、自分の快楽ばかりを追求して、がっついてしまいそうなんだ。それを堪《こら》えつつ、気持ち良さをすこしでも味わおうとしてるんだ。

頼むから、俺の頭を抱えて可愛い声を出さないでくれ。

「ぁー……」

ごめん、うごいてください。

腕の力をゆるめて、ミタテの背を撫でる。汗ばんで、筋肉が張っていて、ヒトとちょっとだけ肩甲骨の形が違って、自分の肌とは触り心地も違う。

「く、ぁ」

「みたてさ、いい声……ん、ぁ……っふ、は……っ、は……ぅ」

ミタテが呻《うめ》き、腰を揺すると、その背を撫でていたトヨアキの爪が立つ。

やっぱり三回目だ。気持ち良くて、ぐらぐらして、ふわふわして、こわいのはちっともなくて、ひっきりなきに小便を垂れ流しているような、イけそうでイけない感覚。

前も後ろも一度に気持ちいい。満たされて、あったかくて、ミタテがゆるゆると動くのに合わせて、内壁が収縮と弛緩を繰り返す。ゆっくりと抜ける瞬間がたまらなくて、括約筋がねとりと絡みつき、内臓ごと引っ張り出されて、雁首《かりくび》だけを含むように抜かれ、また、ずぷりと沈められる。途端に肉が締まって、それがえもいわれぬ快を与えてくれる。

「まえ、さわってぇ……」

そうねだるとミタテが触ってくれて、ようやっと、とろりと精液を吐き出す。

肩で荒い息をするよりは、いつまでもいつまでも心地良い気怠《けだる》さに溺れ、心臓がとくとくと鼓動する心地良さに沈み、穏やかに、それでいて確実に呼吸は浅く、乱れ続ける。

腸壁の蠕動にあわせて、腹のなかで水っぽい音がこぽんと鳴る。ちょびっとだけ熱いものがじゅわりと肉襞にしみこむ感覚は、たぶん、ミタテの先走りだ。

「みぁてさん……」

「……っ、ン……うん？　どうした？」

「もういっかいぃ」

首に腕を回し、腰に足を絡め、ぐいと胎のなかへ陰茎を捩じ込ませる。

「お前、いま出したところだろ？」

「俺が勃ってなくても、突っ込むのに使わないからいぃの」

みたてさんのが勃起してればいい。

「……まぁ、そうだな」

「みたてさん、まだ、出してない」

「お前の胎に馴染んでから動く」

「赤ちゃんできるの心配してんの？」

「…………」

「図星だぁ。……んっ、ふふ……いぃよぉ……俺、みたてさんのあかちゃん、産んであげるから。一緒に、子育てしようねぇ」

だから、精子ちょうだい？　根こそぎ、ぜんぶ、ちょうだい。

誰かに奪われたくないから、ぜんぶ、俺のなかで出して。

俺の目を見て、俺を抱いて、俺に種をつけて。

情が湧いて、逃げられないようにしてあげるから。

＊

甘ったれた声で、何度も交尾をねだる。長いことまぐわって、男を咥えた肉がふわりとゆるんだ頃、トヨアキは、初めてなかに出してもらえた。その時にはもうトヨアキは三度目の射精を迎えていたのに、中出しでまた絶頂を迎え、陰茎がずくんと痛んだ。

「み、ぁてっ……さっ……きゅ、っ……け、っ……きゅう、け……ぇ」

抜かずの二戦目にして、ようやく「三回目だから余裕だ」……と思ったのは間違いだったと気づいた。これまでは手加減をされていたのだと、知った。

「ま、って……おれ、いま、イったとこ……っ」

「うるさい」

「も、うしろ……、っ、かんかく、ない……」

「感覚がなくても締まりはある」

「ひっ……っひ、ぃ、ひっ」

体をひっくり返され、四つん這いにされる。臀部に手がかかり、生身の陰茎をずぶりと沈められる。内腿はぶるぶると震えて、肉壁は擦られるだけでびくびくと悦《よろこ》び、痙攣が止まらない。抜き差しのたびに、赤く腫れたふちがめくれ上がり、肉がこなれて女性器のように膨らみ、オスが気持ち良くなる形へと変わる。

まだ、たったの三回目。

でも、確実に、ミタテが気持ち良くなる為の器官へと変わっていくのが分かる。

「み、ぁて……さ……ちんち、おっきぃ……いぃ」

頭を抱えて、鼻水混じりの弱音を吐く。

これ、ヒトのじゃない。さっきまでなかに入っていたのと形が全然違う。重石《おもし》を腹に詰めこまれたみたいで、ずぅっと射精されてるのに終わりがなくて、腸壁の曲がったところをぐにゅりと押し拡げてまっすぐの一本道に作り替えて、まだその奥の結腸口を押し潰す。

幾度か角度を調整して、通常なら性交に使わない場所に先端をめりこませる。

途端に、トヨアキは萎《な》えた陰茎から、はしたないほどの透明の雫を垂れ流した。

「天狗の嫁にきたのが運の尽きだ」

自分の下で、腰をうねらせる嫁。これが、今日から俺の嫁。

俺だけの、俺の為だけに孕むメスになる。

こちらは鬼。角のある天狗。四つ脚が本性の、天狗鬼神。がつがつと喰らいついて、際限なくがっついて、誰が番であるかを嫁の体に仕込む。

あぁこれは確かに、ヤスチカの言った通り、背中のきれいな子だ。

こわいこわいとむずかるので、対面でしかしてこなかったが、これは、背中がきれいだ。背骨のひとつひとつの感触も、肩甲骨の均等な配置も、後れ毛のまとわりつく項《うなじ》も、指にちょうどぴたりとかけることのできる腰骨の線も、腰を打ちつけるたびに跳ねる尻の肉も、伝う汗を弾《はじ》く肌も、何もかもが、きれいだ。

「情も、欲も……尽きんな」

「っひ……あ……ぁー……っぉ、あっ、ぉ」

「ふっ……」

下腹に力を籠め、陰嚢《いんのう》がぎゅうとせり上がるままに種をつける。

崩れる腰を抱え上げ、一滴も漏らさぬよう、根元までしっかり嵌《は》めこむ。子種汁を擦りつけ、陰茎の先でメス穴を抉り、薄い下腹が、たぽん、と揺れるほどに出す。

ぎゅる、きゅる、と腸がよく働き、ごくごくと奥へ飲み干すのが分かった。

「まっだ……でて……ぅ……せ、ぇき……も……」

「もう一度だ」

抜く間も惜しんで、よりいっそう奥へ穿つ。ぶちゅりと音を立てて、精液が漏れ出る。

たった二度の射精で、性的に幼い嫁の腹は大きく膨れて、ぎゅうぎゅうと鳴っている。

「お、ぉぁ〜……ぁ、ぃ、く……いぐ……っ」

「はしたない」

たったの一度、奥までひと突きしただけで、正体を失くしている。前立腺《ぜんりつせん》を摩擦され、折れ曲がった腸の襞を歪められ、結腸を抜かれて、だらしないツラを晒す。

「ぃ、く……っも、……ひ、っぃぐ、いっでぅう〜〜〜」

「角付きの嫁らしく、女のようにイけ」

「ぃ、く……ぃく、また、いく、っ」

うわ言を漏らしながら、ずっとメスイキを続ける。

最初は言葉になっていたものが、次第に呂律《ろれつ》も回らなくなり、ぐるんと白目を剝いて、「あ、はっ……ぅ、ぅぉ、ぉあ、っ、ぉ、ぉっ」と獣のように愛らしく喘ぐ。

そのくせ、たまに思い出したように「はらませて」と子種をねだり、ひっきりなしに全身を戦慄《わなな》かせ、男の精を搾り取らんと健気に腰を振る。

「しんじゃうぅ……っ」

「天狗に憑《と》り殺されて死ぬるも一興か？」

「おっ、ぉおぉ……ぉっ、ぁおっ」

だめだ、殺される。

本能が逃避を訴える。

逃げるつもりなんてないのに、「神様の相手をして無事で済むと思っていたのか？」と自分をせせら笑う自分の声が聴こえて、このままでは本当にやり殺されると本能が叫ぶ。

ひっ、ひっ、と浅い呼吸を繰り返し、逃げ場を探してもがく手で、畳を掻く。

「穴が逃げるな」

「……ひ、っぎ」

腰を摑んで引きずられ、懐のうちに抱きこまれる。

心臓も、脳味噌も、心も、耐え切れない。ぶつんと焼き切れて、死んでしまいそう。

神様が自分にがっついてくる。

これまでは神様のミタテじゃなくて、まるでヒトみたいなミタテに抱かれていた。

神様に抱かれるということを知らなかったから、無事でいられた。

もう、無事じゃない。

神様にアてられるよりも、もっとすごい。こんなにも人間臭い営みなのに、特別な薬を与えられてまぐわってるみたいな、最高の幸いと快楽がある。

こんなの知ってしまったら、逃げられない。

一生、この人の体の世話になって、シモの面倒を見てもらわないと、生きてけない。

「もっと……っ、もっとおく、出して……っ」

「好きモノ」

「……ぉー……ぉ、ぁはっ、……ぁ、っはぁ、ぁ……」

「男に嵌められて笑える余裕があるのか？」

「ちん、ちん、きもひっ……ぃい……」

「それはなによりだ」

「……も、ぃっぱい、らかぁ、ぬいてぇ」

「メス穴ひくつかせて、よく言う」

「あっ、ゃ……ぬい、たら、もれる……ぬくの、だめ……」

「なら、しっかりと咥えこめ」

ばちんと尻たぶを叩く。重く、腹の底へ響くように、それでいて痛みは少なく。すっかり叩き切るのではなく、叩いた瞬間に、ぴたりと手の平を止めて、奥へ衝撃を響かせる。

「ぁー……」

またイった。尻穴をぎゅうと窄め、次いで弛緩し、ごぼっ……とオスの種汁を溢れさせる。茶色く濁ったそれが、ぶくぶくと泡を立てて、ぱちんと弾けた。

「休むな、淫乱《いんらん》」

「っあ……、ふ……ぁ、あ……まぁ、お、っひく、なったぁ……」

「次からは躾《しつ》ける」

ねだるばかりではなく、男を満足させる方法を仕込んでやる。俺好みの手練手管を仕込んでやる。俺が満足する穴になれ。俺の嫁らしく、俺との房事で女のようにイき狂え。

俺の手付きで、俺の仕込みで、俺の好みの、俺の為の女になれ。

手加減をしてやるのは、今日までだ。

「返事をしろ」

「……み、ぁてさ……の、好きな子に、なるからぁ……」

「なるから？」

「みたて、さっ……の、ものに、して、ぇ……」

みたてさんの好みの躰にして。みたてさんが喜ぶ体に作り替えて。

みたてさんの為にならいくらでも変わるから。

あなたにぜんぶ委ねるから。

神様の奴隷でも、従属物でも、支配下でも、なんでも構わない。

胎に種をつけてもらえるなら、一生愛してもらえるなら、情を寄せてもらえるなら、殺されてしまいそうなほどのこのまぐわいも、頭の焼き切れそうな営みも、全て幸せに変えられる。

「……好き、ぃ」

トヨアキは、角のある天狗が眉間に皺を寄せ、幸せを噛みしめるその姿に、幸せを見い出すのだから。

【4】


最近、スイがかつて住んでいた家の表札に、名前がひとつ増えた。

ミタテの隣に、トヨアキの名前が足された。

あの家で二人が暮らし始めてけっこう経つのに、「ああ、忘れてた」と二人して間抜けたツラを晒して、「表札どうするの?」と指摘したシンタも呆《あき》れるくらいの腑《ふ》抜けた新婚生活を送っているようだった。

スイは、結局、嫁を娶《めと》ったばかりのミタテの家には戻らず、かといって腹の大きな嫁のいるシンタの家にも行かず、セツの家に転がりこんだ。この家から学校へ通い、この家で三食昼寝付きの優雅な生活を送り、この家で女王様のように振る舞っている。

セツは本当に便利のいい男だ。けっしてスイに逆らわない。それでいて、相も変わらずスイの望むことをスイが口にする前に実行して、スイの為だけに立ち働く。そうして、目の前にちらつかされた餌《えさ》を、固唾《かたず》を呑んで見過ごす日々にも文句を言わない。

風呂上がりに裸のスイがうろついても、目につく場所で自慰をしても、誘うだけ誘ってセツに自慰をさせて、それを携帯電話で撮影しても、よその男を連れこんでも……まぁ、連れこんだ時は必ず相手がいざ挿入……というところでセツが邪魔をするのだが……、それ以外ならば大抵のどんな時でも、セツはスイに手を出さない。指一本、触れない。

スイが命令をして、スイが許可をしない限り。

このオスは、スイに種をつけたいが為だけに、従うのだ。

一生、抱かせてもらえないとも知らずに。

「なぁ、セツ」

「はい」

ソファに身を投げ出し、正座させたセツの太腿を足置きにする。

「死んじゃおっか」

「…………」

「なんかもう、いいや」

ミタテとシンタが頑張ってくれたけど、やっぱりスイはどこかの誰かと番って、この胎を醜いほどに膨らませ、産みたくもないオスの子を産むしかないらしい。

ミタテとシンタは「早まるな」「必ず説得する」「お前だけを不幸にしない」と言ってくれるが、そうして、自分の為に二人が尽くしてくれるのを見ると、虫唾《むしず》が走る。

お前らはお前らの嫁のことだけ愛してろよ、と叫びたくなる。

どうせ、お前らの一番にはなれないんだから放っておけよ、と怒鳴りたくなる。

けれども、怒鳴るほどの勇気も、叫ぶほどの気力も、ないのだ。

あんまり我儘を言いすぎて、二人を困らせたくない。それぞれ、嫁をもらったり、嫁に子供が生まれる大切な時期なのだ。これまでも、スイの面倒を見る為に、随分と大人たちともやり合ってくれた。それに、あの二人は、スイに次ぐ実力と権威の持ち主ではあるけれど、それはこの島を守る為の力であって、この島を不幸にする為のものではない。

「……死ぬにしても、なんかいい方法考えないとなぁ」

スイが死ぬだけでも、あの二人が責められるのは明白だ。

いまでも、あの二人はスイの後見なのだ。迷惑はかけられない。

「そうだ！　お前が殺すか？」

俺は自殺ができないようになってるんだ。この島の天狗は、この島の仲間を傷つけられないようにできているんだ。でも、外から来たお前なら、できるよな？

「そうだ、お前がやれ」

「…………」

「セツ、早くやれ、いますぐやれ」

がっ、と肩を蹴る。

セツは、己の太腿に置かれたスイの足を丁寧にソファへと据え置き、大きな図体を前傾させ、膝からするりと立ち上がると、ソファに寝転がるスイを見下ろした。

「首を絞めますか、はらわたを裂きますか、頭を潰しますか？」

「どれでもいい。殺し方くらい選ばせてやる。どうせお前も、俺を殺した咎で、他の奴らに殺されるんだ」

「では、失礼します」

セツの上半身がスイに被《かぶ》さり、スイの目元を覆う。

そこには、スイの覚悟していた冷たい死ではなく、温かく、唇の触れる感触があった。

「っ、おまえ……ふざけんなっ……とっとと殺……せ……おい、セツ……やれって……言ってんだろう……が、っ……セツ、やめろっ……セッ！」

反射で、スイはセツの腹を蹴った。

蹴っても、びくともしない。肩を摑んで押し返しても、押し返せない。

いつもなら、セツのほうから察して距離をとり、奴隷らしい立ち位置を忘れずに行動するのに、いま、セツはスイの躰を押さえつけ、ソファに沈ませる。

「誰が死なせるものか」

「……はぁ？」

「次、同じことを言ったなら……死んでやる」

「……………セ、ツ？」

「ただし、二度と愚かな言葉を吐けぬようその唇を縫い合わせ、二度と愚かな真似《まね》をせぬよう手足を切り落とし、二度と子を孕めぬよう、その胎が破れるほど犯してからだ」

「セ、ツ……い、たい……っ痛、ぃ……腹、痛いっ」

子供を育む為の胎を、セツの手が、強く強く、押し潰さんばかりに圧《お》す。

ぐぢゅりと内臓が歪むほどの力で、下腹が重く切なさを覚えるほどに。

「これよりもずっとひどい苦痛で、死ぬ気も起きんようにしてやる」

「……っ、ぃ、たぃ」

爪を立て、力いっぱい腕を引き剝がそうとするも、剝がれない。

奴隷のくせに、犬の分際で、下僕風情が。

どうせお前だって、俺に種をつけて、孕ませて、自分の物にしたいだけのくせに。

「そうですね。私は、死んで腐ったあなたでも愛せます」

そうして、あなたがさみしくないように、あなたが死んだら後を追います。

「おれ……っに、逆らうなっ……！」

「あなたは、愛しい者に種をつけ、想い成し遂げるだけが情ではないと知ったほうがいい」

「……き、もち、わるぃ……っ」

「まぁ、どうせあなたは他に逃げ場もないんです。諦めて、俺の傍にいるといい」

「……っ」

「守ってやる」

いつまでもいつまでも、お前のことだけを考えて、お前のことだけは裏切らず、お前だけを俺の最愛にして、お前だけを愛して尽くしてやるから。

俺は、お前が想像もつかないようなもっと深い愛情でもって接してやる。

それまでは、適当なところでオスのつまみ食いも、メスと愉しむのも、許してやろう。

「そのうち、あなたのほうから俺の種で孕みたいと盛るようになる」

その薄い腹や、男を知らぬ穴を切なくさせて、俺をねだるようになる。

俺ほど上等のオスは、そうそういないのだから。

生きるも死ぬるも、幸せも不幸せも、食事も、風呂も、排泄《はいせつ》も、性欲も、愛も、情も、何もかも、俺がまとめてすっかり管理をしてやる。

可愛い可愛いスイ。

あなたは、俺に尽くされるべき愛しい生き物。

＊

「おー……」

胡坐《あぐら》をかいたミタテの膝に尻を収め、歓声をあげる。

息が、白い。夏が終わって、秋を迎え、もう、冬だ。あっという間に季節が巡り、天狗との共存にも慣れて、ミタテとの二人暮らしもようやく落ち着き始めた。

もうすぐヤスチカとシンタのところに子供が生まれる。出産のあれそれや年末年始の支度で忙しくなる前に……とミタテに誘われて、須斎山のてっぺんへ連れてきてもらった。

天狗が腰かける一本松の、その大ぶりの枝先に腰を落ち着け、雪のちらつく海を眺める。

「みたてさん、さぁむい」

「これでどうだ？」

トヨアキを抱いていた両腕を翼手に変えて、ふわりとトヨアキを包みこむ。

羽と羽の間に空気を孕んだ羽毛は暖かく、トヨアキの背にはミタテの胸があって、どこもかしこもあったかい。

あったかいと言えば、最近、ミタテの家の表札に、トヨアキの名前を足してもらった。

御楯鬼神さんのおたくに、トヨアキさんが住んでいますよ、と書いてもらった。

「お前、漢字で豊顕《とよあき》って書くんだな」

「ね。……俺、漢字得意じゃないからすぐカタカナで書いちゃうんだけどね」

「……俺の名前は」

「御楯でミタテさんでしょ？　役場で書く時にさ、ほら、伴侶のところ？　あれでミタテさんの漢字は覚えた。えらい？」

「えらい」

「あと、えっちの時に、俺のケツ叩くのとバックでやるのも好きって覚えたし、俺のちんちんいじいじするのも好きでしょ？　皮とかよく引っ張るし、金玉とかふにゅふにゅしまくるし。そんでみたてさんすぐ脱ぐよね。裸族。風呂は熱いめが好きで、風呂でえっちする時は俺の胎んなかにお湯入れて遊ぶのも好きでしょ？　あれやったら精液薄くなるから俺は好きじゃないよ。あとね、俺に潮吹かせるのも好きでしょ？　布団びっしょびしょになるまで俺のちんちん引っ張りながらガツガツ掘るの。……ね？　覚えたよ。えらい？」

「…………えらい」

「おれ、みたてさんので、結腸まで抉られるの好きだよ」

「……頼むから、それ兄貴の前で言うなよ」

「にぃちゃん？　言わないって。逆にシンタさんとの夜のこと聞かされても困るもん」

　肩口に埋められるミタテの頭を後ろ手で撫でて、いたずらっぽくはにかむ。

「それもそうか……」

「そのうち、俺のお尻んなかがもっと拡張できたら、ミタテさんの本性？　四つ脚の時にもやらせてあげるね。ずっぽずっぽ、ずこずこ、好きなようにぶちこんで犯していいよ」

「……お前、そんなにあけすけだったか？」

「いやぁ……みたてさんと気持ちイイことするのに嵌まっちゃったら、もうなんでもやりたくなっちゃってさぁ……あ、みたてさんとだけだよ？」

「そうしてくれ」

「好きな人と気持ちいいことするの、しあわせだね」

「だな」

「大変だろうけど、えっち覚えたての高校生の性欲に付き合ってね」

「鬼天狗の子作りにも付き合ってもらおう」

「うん」

くるりと上半身を捩《ねじ》って、掬《すく》い上げるようにミタテの唇を奪う。

目を瞑《つむ》らずに、じぃっと、ミタテの鉄黒色の瞳を見つめて、舌を触れ合わせる。

「俺ね、好きな人ができてしあわせだよ」

ふにゃりと頬をゆるめる。

そうしたら、「あぁ、この笑い顔に情が湧いたんだ」と、トヨアキと視線を合わせてミタテが笑い、深く、唇を重ねてくれる。

真摯《しんし》に誓ってくれる。

ヒトの世から奪ってしまった愛しい妻。必ず、必ず、幸せにしよう。

こう見えて、角のある天狗は、情も、業も、欲も、深いのだ……と。

あとがき

こんにちは、鳥舟です。

今回のお話は、天狗でした。角のある天狗。鳥みたいな、鬼みたいな、狗みたいな、神様みたいな、不思議な存在。色んな側面を持つあやかし。この、実体を摑めないあやふやさ、正体不明のとりとめのなさ、底知れぬ愛情、突拍子もない言動こそが、これぞ人外！という感じがして好きです。あと、背ばっかりおっきくて、見た目しっかり男の子なのに中身はまだ子供、みたいな高校生も好きです。のんびりおっとりさん。

さて、前作『暴君は狼奴隷を飼い殺す』のあとがきで各キャラの好物を書いたのですが、そちらが好評をいただいたので、今回は各キャラの特技でその人となりを紹介したく思います。本編にかすってるようで、かすっていないネタを深めていきたい所存。

トヨアキの特技は、絵を見て色々と覚えること。社会科の資料集や美術の図録を眺めるのが好きで、画像で覚える派。漢字が多いと途端にダメになる。将来はイヅヌ島の宝物や歴史を保存する仕事をするかもしれない。ミタテは家事と他人の世話。神事関連と腕っ節は当然のことなのでそこは割愛。風呂のカビ取りと換気扇の掃除をさせたら天下一品。トヨアキとスイの勉強をよく見ているけれど、じっと腕を組んで待たれるのでトヨアキにはプレッシャー。ヤスチカは世渡り上手で人の本質を見ぬくところ。時々、他人より一つ二つ先を見て行動してしまうので、周りは混乱する。シンタは徹頭徹尾優しくて古風で一途なところ。見た目に反してわりと文系で楚々とした振る舞いが板についた男。スイはナイフ投げと足技とちゅーひとつで人を殺せること。それらのどれかひとつでも実行しているところを見つかると、ミタテとシンタに怒られる。成人したら天狗にもなれるし、竜神にもなれる。セツは奴隷根性。はたして奴隷根性が特技なのかどうかは分からないけれど、スイちゃんに首ったけ。好きな子が宗教で崇拝すべき神様な男。時々、下克上する。

末尾ではありますが、本の題名をつける際に救いを差し伸べてくださる担当様、とっても可愛いトヨアキと、男前でもっふぁもふぁのミタテさんと、スイちゃんの太腿を見事に描写してくださった兼守先生、日々、仲良くしてくれる友人たち、そして、この本を手にとり、読んでくださった方、ありがとうございます。この場を借りて御礼申し上げます。

鳥舟あや

はじめまして
挿絵を担当させて頂きました。
ありがとうございました！

兼守

本作品は書き下ろしです。

ラルーナ文庫

この本を読んでのご意見・ご感想・ファンレターなどお待ちしております。〒111−0036 東京都台東区松が谷1−4−6−303 株式会社シーラボ「ラルーナ文庫編集部」気付でお送りください。

鬼《おに》天《てん》狗《ぐ》の嫁《よめ》奪《と》り奇《き》譚《たん》

2017年1月7日　第1刷発行

著　　　者｜鳥舟《とりふね》あや

装丁・DTP｜萩原 七唱

発　行　人｜曺 仁警

発　行　所｜株式会社 シーラボ
〒111-0036　東京都台東区松が谷1-4-6-303
電話　03-5830-3474／FAX　03-5830-3574
http://lalunabunko.com

発　　　売｜株式会社 三交社
〒110-0016　東京都台東区台東4-20-9　大仙柴田ビル2階
電話　03-5826-4424／FAX　03-5826-4425

印刷・製本｜シナノ書籍印刷株式会社

　ISBN978-4-87919-980-5